KB043693

보고 싶은 것만
보고
듣고 싶은 것만
듣고

평범한 나날을 깨워줄 64가지 천재들의 몽상

보고 싶은 것만
보고
듣고 싶은 것만
듣고

글·그림 김옥

arte

우리는 언제 영화를 볼까? 언제 음악을 듣고 책을 읽을까?

지루하도록 평범한 어느 날, 이 다행스러운 일상이 어쩐지 숨막힐 것처럼 느껴지는 날이면 나는 어김없이 스케치북을 덮는다. 연필과 종이는 얌전히 한쪽에 치워두고 뭔가 재미있는 걸 찾아 나선다.

여기와는 다른 어딘가로 날 데려다줄 무언가를. 그리고 다시 내 자리로 돌아와 살아갈 힘을 북돋워줄 무언가를.

마치 도로시의 빨간 구두처럼.

영화 〈오즈의 마법사〉 속 시골 소녀 도로시는 예기치 못한 회오리바람에 이상한 나라 '오즈'로 날아간다. 갑작스러운 불행은 두렵고 고통스러웠지만, 집이라는 일상에서 벗어난 돌연의 여행에 도로시는 몹시 흥분했다.

귀여운 개 토토와 낯선 나라 오즈를 여행하던 도로시는 허수아비, 사자, 양철 아저씨와 친구가 된다. 그들은 각자의 소원을 들어줄 오즈 박사를 만나기 위해 함께 여행을 떠난다. 노란 벽돌 길을 따라서 무지개 너머 에메랄드 성으로!

모험에서 도로시는 마녀의 빨간 구두를 갖게 된다. 어디든 마음먹은 곳으로 데려다주는 마법의 구두! 도로시는 소원대로 그리운 시골집으로 돌아갈 수 있었다. 내게 있어 빨간 구두는 일상을 탈출시켜줄 문화의 세계였다.

나는 집단생활을 잘하진 못했다. 겉으로 크게 드러내진 않았지만 대학 시절도 직장생활도 공감할 수 없는 많은 일상 때문에 적이 불편했다. 나다움을 찾고 싶은 당연한 고집일 수도 있겠지만, 그보다는 집단 문화에 동참하고 싶은데도 잘 공감되지 않는 사고방식이 문제였다.

'생각하지 말고 그냥 받아들여. 남들처럼 묻어가.' 마음속에선 늘 그렇게 속삭였지만 어쩐지 석연찮았다. 결국 번듯한 직장을 그만두고 일러스트레이터를 하게 된 건 그 석연찮은 마음 때문이었다.

어릴 적부터 그리기를 좋아했다. 클럽 활동도 직장생활과 병행하면서 꾸준히 했다. 그러나 그림 그리기를 직업으로 선택하는 건 또 다른 문제였다. 과연 타인을 설득할 만큼 잘 그릴 수 있을까? 무엇보다 나는 뭘 그리고 싶은 걸까? 그리고 싶은 욕망에 먼저 충실하기로 했다. 무모했지만 그다음에 뭘 그릴지를 생각해도 늦지 않다고 생각했다.

가수 패티 스미스PATTI SMITH는 책 『저스트 키즈JUST KIDS』에서 예술가의 구원에 관해 이야기한다. 그녀는 동반자인 예술가 로버트 메플소프ROBERT MAPPLETHORPE를 만나기 전까진 그저 평범한 여자 아이였다. 가난하고 보잘것없는 존재로 사는 나날들, 좀처럼 적응하지 못하는 집과 공장에서의 생활. 생계를 위해 괴로운 일상을 반복하던 그녀에게 위로가 된 건 랭보JEAN-NICOLAS ARTHUR RIMBAUD의 시집이었다.

그녀는 그것을 구원이라 말한다. 자신의 괴로운 마음을 랭보가 똑같이 말해주고 있었기 때문이다. 그리고 그 발견은 새로운 돌파구를 찾아 그녀를 움직이게 만들었다. 예술가란 완전히 색다른 사람은 아닐 것이다. 그저 숨 막히는 일상에 대해 의심하고 고민하는 사람들, 적응하기 어려운 사람들이 도저히 견디지 못하는 어느 순간, 구원을 찾아 행동에 옮기는 사람들은 아닐까? 그 행동이 설령 자신을 구원할 수는 없을지라도, 진정성 어린 행동이라면 다른 사람들에게도 공감을 불러일으키지 않을까? 그 점이 우리가 예술을 찾고 문화를 사랑하는 이유일 것이다.

나는 일러스트레이터다. 내 그림을 보고 사람들이 관심을 가져줄 때 나는 보람을 느낀다. 내가 그린 딸기 그림이 붙은 딸기잼을 사람들이 집어 들고, 그림이 실린 잡지 기사에 집중하는 모습은 반갑고 기쁘다. 사람들의 그 얼굴이 보고 싶어서 나는 계속 그린다.

아름다운 꽃을 보면 그리고 싶다. 꽃이 들려주는 이야기를 사람들에게 전하고 싶다. 책에 담아낸 64가지 이야기들은 내게 영감을 준 '도로시의 빨간 구두'들이다. 또한 전하고 싶은 64송이의 꽃들이기도 하다.

2016년 5월의 어느 날

김옥

차례

프롤로그 ——— 도로시의 빨간 구두 | 005

손에 닿지 않는 안타까움 ——— 영화 〈하트비트〉 | 013

너와 연결되어 있다는 느낌 ——— 영화 〈세임〉 | 018

내가 너를 사랑하는 이유 ——— 영화 〈은교〉 | 023

사랑 게임의 규칙 ——— 영화 〈페어웰 마이 퀸〉 | 027

푸른 젊음, 첫사랑 ——— 영화 〈가장 따뜻한 색 블루〉 | 031

놓아주지 못하는, 벗어날 수 없는 ——— 영화 〈비엔나 호텔의 야간 배달부〉 | 036

보고 싶은 것만 보고, 듣고 싶은 것만 듣고 ——— 영화 〈지금은 맞고 그때는 틀리다〉 | 040

당연하지 않은 것투성이의 세상 ——— 영화 〈버팔로 66〉 | 045

이상과 현실, 함께할 수 없는 슬픔 ——— 토마스 만의 소설 『트리스탄』 | 050

세상이 그토록 아름다웠던 이유는 ——— 영화 〈블라인드〉 | 055

그놈의 지긋지긋한 바람개비들 ——— 영화 〈임프린트〉 | 060

이 세상에 우리 둘뿐이라는 환상 ——— 영화 〈라붐〉 | 065

악착같고 절실하게 ——— 영화 〈매치포인트〉 | 069

현실은 꿈, 밤의 꿈이야말로 진실 ——— 에도가와 란포의 단편소설 「고구마벌레」 | 073

사랑의 어리석음 ——— 영화 〈애꾸라 불린 여자〉 | 078

누가 날 그렸나요 ——— 영화 〈빅 아이즈〉 | 082

담배 연기 속에 스러진 찬란함 ——— 영화 〈어톤먼트〉 | 087

인간적인 너무나 인간적인 ——— 영화 〈팅커 테일러 솔저 스파이〉 | 092

감히 환상이 현실이 되길 바라다 ——— 윌리엄 버로스의 소설 『퀴어』 | 097

최고의 예술 ——— 영화 〈베스트 오퍼〉 | 101

그녀, 길을 잃다 ——— 영화 〈라폴로니드: 관용의 집〉 | 105

현실에 대한 강렬한 부정, 타나토스에 유혹당하다 ─── 영화 〈처녀 자살 소동〉 | 110

더럽혀진 아름다움에 대한 복수 ─── 앤서니 버지스의 소설 『시계태엽 오렌지』 | 116

잔인한 친절 ─── 루스 렌들의 소설 『활자 잔혹극』 | 121

낯설고 매력적이고 천박한 신세계 속 외로운 이방인

─── 블라디미르 나보코프의 소설 『롤리타』 | 126

더 이상 꿈꿀 수 없는 사람들 ─── 영화 〈구모〉 | 131

아름다운 악의 복수 ─── 영화 〈갈증〉 | 136

기다림의 의미, 희망이거나 고통이거나 ─── 영화 〈스토커〉 | 141

당신을 위한 꽃 한 송이 ─── 영화 〈디스트릭트 9〉 | 146

나의 우주, 당신의 우주 ─── 영화 〈위플래시〉 | 151

불온하고 발칙하고 착하지 않은 그녀의 꿈 ─── 영화 〈어느 하녀의 일기〉 | 155

지금 네가 걷고 있는 그 길 ─── 영화 〈아이다호〉 | 159

무엇을 위해 싸우는가 ─── 영화 〈킹스맨: 시크릿 에이전트〉 | 164

사춘기, 처음으로 나를 꿈꾸는 시간 ─── 영화 〈귀여운 반항아〉 | 168

나를 속이고 세상을 속이고 ─── 영화 〈프랭크〉 | 173

무표정하거나 웃어넘기거나 ─── 영화 〈우연하게도 최악의 소년〉 | 177

나를 구원하는 것은 누구인가 ─── 영화 〈마스터〉 | 182

아무도 가르쳐주지 않는 내 인생 ─── 도리스 레싱의 소설 『풀잎은 노래한다』 | 187

나의 목소리가 너에게 닿기를 ─── 영화 〈지구에 떨어진 사나이〉 | 192

신이 죽은 세상의 또 다른 인류 ─── 영화 〈엑스 마키나〉 | 197

누드 아닌 누드 ─── 모델 프레야 베하의 사진 | 201

진짜 나를 잊지 않겠다는 선언 ─── 앤디 워홀의 팝아트와 백발의 의미 | 205

진짜와 가짜의 경계 ─── 영화 〈런어웨이즈〉 | 210

살아 숨 쉬는 비현실을 맛보다 ── 다큐멘터리 〈선물 가게를 지나야 출구〉 | 215

배반의 갈망이 사랑을 만날 때 ── 밀란 쿤데라의 소설 『참을 수 없는 존재의 가벼움』 | 221

게이, 그녀가 없는 그녀의 환상 ── 매튜 본의 발레 〈백조의 호수〉 | 225

보이지만 보이지 않는 절망을 그리다 ── 오토 딕스의 그림 〈성냥팔이〉 | 230

욕망하는 인간이 꿈꾸는 영원한 젊음의 유토피아 ── 영화 〈로건의 탈출〉 | 235

예술가가 되고 싶었던 뮤즈 ── 영화 〈킬 유어 달링〉 | 240

동경의 세계, 두려움의 세계 ── 영화 〈2001 스페이스 오디세이〉 | 245

우주의 비밀을 알고 싶어 한 남자의 마지막 사랑 ── 영화 〈카사노바〉 | 250

삶에 대해 우리는 얼마나 절실한가 ── 영화 〈달라스 바이어스 클럽〉 | 255

소녀들은 기죽지 않는다 ── 영화 〈불량 공주 모모코〉 | 260

만지고 싶은 사진 한 장 ── 유르겐 텔러의 〈터치 미〉 전 | 265

다시 시작할 수 있는 힘 ── 영화 〈그레이트 뷰티〉 | 270

그림으로 기도하는 작가를 위한 공간 ── 〈마크 로스코〉 전 | 276

같이 지금 모습 이대로 ── 영화 〈시스터〉 | 281

흘러간 시간 속에서 청춘을 꿈꾸다 ── 영화 〈클라우즈 오브 실스마리아〉 | 285

성냥 한 개비에 태운 외로움 ── 오노 요코라는 예술가 | 289

5억 명의 보이지 않는 친구보다 손 잡아주는 한 명의 친구를

── 영화 〈소셜 네트워크〉 | 294

언제나 당당하게, 나답게 ── 킴 카다시안의 용감무쌍한 엉덩이 | 299

여성이 쓰는 여성혐오 ── 퍼트리샤 하이스미스의 단편집 『완벽주의자』 | 303

타인의 시선을 이겨낸 나다움 ── 벤저민 폭스의 사진 〈도쿄 로커빌리들〉 | 308

세상 어디에도 없는 작지만 큰 친구 ── 미미 인형 | 313

감사의 말 | 319

손에 닿지 않는 안타까움 ──── 영화 〈하트비트〉

Les Amours imaginaires, 2010
한 남자를 사이에 둔 한 여자와 한 남자의 사랑 경쟁!

누군가를 사랑하는지 어떻게 알 수 있을까?

그 사람을 보면 가슴이 두근거린다. 그 사람에 관해서 부쩍 화를 내거나 무척 친절해진 나를 발견한다. 그 사람 얘기를 많이 하게 되고, 남이 하는 그 사람 얘기에도 귀를 쫑긋하게 된다. 심해지면 주변 사람들이 눈치 챌 정도가 된다. 분명한 건 그 사람으로 인해, 평소와 다른 내가 세상 밖으로 나온다는 것. 세상이 어쩐지 달라 보인다는 것 그리고 제멋대로가 된 나를 추스르기 어렵다는 것이다.

사실 사랑이 뭔지 잘 모르겠다.

연애와 사랑의 차이는 뭘까? 누군가는 지속되는 시간의 길이
와 대비해, 싫증과 부딪힘을 참고 인내하는 성숙된 풍성함을 사랑
에 비견한다. 그에 비해 연애는 '첫눈에 반한다'는 말처럼 지속되는
미래보다는 현재의 감정들에 충실하다는 느낌이 짙다.

그렇다면 바람둥이는 연애는 잘해도 사랑은 어려운 사람인 걸
까? 어쨌든 다른 사람을 통해 달라진 나, 달라진 세상을 볼 수 있다
는 건 참 특별한 경험이다.

〈하트비트〉, 자비에 돌란XAVIER DOLAN 감독의 이 영화는 손에 넣
을 수 없는 사람에 대한 가슴 두근거리는 갈망, 삼각관계와 짝사랑
을 이야기한다. 여기에서는 한 남자를 사이에 둔 남자와 여자의 경
쟁이 벌어진다. 여자 마리와 남자 프란시스. 취향이 잘 맞는 단짝 친
구인 두 사람은 파티에서 만난 남자 니콜라에게 동시에 반해버린
다. 갑자기 프란시스에겐 장 콕토JEAN COCTEAU의 뮤즈가 떠오르고, 마
리에게는 다빈치의 다비드상이 연상된다. 니콜라의 성 정체성은 알
도리가 없다. 알 수 있는 건 그저 인기 많고, 사교성 좋은 유혹자라
는 것. 오는 사람 안 막는 자유주의자라는 것.

나는 니콜라의 심경이 궁금했다.

자신에게 반한 두 사람을 저울질하며 제대로 놀 줄 아는 니콜라. 언제나 의도가 모호한 니콜라. 사랑 게임에서는 먼저 반하는 사람이 패자다. 누구에게도 반하지 않은 승자 니콜라는 자신을 향해 두근거리는 그들의 관심과 에너지 자체를 사랑했던 것 같다.

니콜라의 사랑 규칙이다.

가볍게, 결코 심각해지지 않을 것.

모두가 산뜻하게 거리를 둘 것.

달콤하고 예쁘지만 몸에는 딱히 좋을 것 없는 마시멜로처럼.

어렵게 사랑을 고백했지만 보기 좋게 차여버린 프란시스와 마리. 새하얀 마시멜로는 어느덧 프란시스의 가슴에 묵직하도록 검은 우박이 되어 쏟아진다.

'두근거리는 갈망, 사랑하는 이에 대한 환상'이란 결국 거사를 치르기 전 단계가 아닐까? 고백을 해 앞으로 나아가든, 혼자 삭여내든 두근대는 가슴은 분명 사건을 만드는 작은 시작이다.

만약 니콜라가 쉽게 누군가의 사랑에 응했다면 어땠을까? 어쩐지 니콜라는 더 이상 근사해 보이지 않았을 것 같다. 마리도 프란시스도 서로 경쟁했기 때문에, 니콜라의 마음을 알 수 없었기 때문에 더 간절하지 않았을까? 갖지 못하는 것에 마음을 빼앗기고 더욱 절실하다고 느끼는 게 사람의 마음인가 생각하려니 어쩐지 한심하고 애달파진다.

나쁜 사람에게 끌리는 이유를 비로소 알 것 같았다.

너와 연결되어 있다는 느낌 ——— 영화 〈셰임〉

Shame, 2011
빗나간 찰나적 소통의 욕망, 섹스 중독자와 관계 중독자의 만남

영화는 많이 춥다.

스티브 매퀸STEVE MCQUEEN 감독의 영화 〈셰임〉은 어느 섹스 중독자의 고백을 다룬다. 성공한 뉴요커로서 부와 명예를 적절히 갖춘 매력적인 남자 브랜든. 유혹하면 얼마든지 데이트 상대, 섹스 상대를 쉽게 찾을 수 있지만 그에게는 데이트도 섹스도 딱히 만족스럽지 않다.

화면은 뜨거운 육체들로 넘실거린다.

포르노를 보고 자위행위를 하고, 멋진 상대들과 온갖 자극적인 섹스를 해도 그의 눈은 늘 공허하기만 하다.

그는 대체 무엇을 원하는 것일까?

브랜든이 흔들리는 건 결코 말할 수 없는 이에 대한 사랑 때문이다. 그토록 외면하고 싶었던 진심은 그의 바람과는 달리 시간이 흘러도 사그라지지 않고, 비틀린 관계와 애정은 미궁 속에 갇힌다.

흔히 말한다. 진심은 서로의 관계를 열어주고 열린 마음은 상대방의 마음을 열어준다고.

과연 그럴까? 아무리 내 진심이 충실하고 소중하더라도 감히 말할 수 없는 진심이라면? 그 마음이 전달되는 순간 도리어 사랑하는 상대방을 상처 주고 잃어버릴 가능성이 크다면?

상실하는 게 너무나 무서워 도망쳐버리거나 그저 브랜든처럼 영원히 추워질 수밖에 없을 것이다.

얼마나 많은 가면과 위장술이 우리의 관계를 감싸고 있는 걸까? 섹스에 탐닉하고 또 탐닉하는 건 그렇게라도 해야 살아 있고 타인과 연결되어 있다는 느낌 때문일 텐데. 브랜든의 갈망이 춥고 또 춥게 느껴지는 이유는 정작 자신이 원하는 건 손에 넣을 수 없었기

때문인 걸까? 혹시 그의 마음은 그 누구보다도 간절하게 관계를 지속하길 원하지 않았을까?

그러고 보니 수치심, 부끄러움은 잘 생각해보지 않았던 감정이었다. 분명히 누구나 말 못할 비밀은 하나쯤 있을 것이다. 문득 깨닫는다. 그것을 보호하는 것이 수치심이었구나. 드러내서는 안 되는 것, 그것에 대한 수치심은 사회에서 살아가기 위한 일종의 방패다.

수치심을 잘 느끼지 않는 사람은 건강한 걸까? 브랜든처럼 엉망으로 망가져 어쩔 줄 몰라 위축되고 마는 것이, 도리어 인간적인 최선이 아닐까?

브랜든의 동생 시시가 〈뉴욕, 뉴욕〉을 부르는 클럽의 밤풍경은 아름다웠다.

프랭크 시나트라가 부른 〈뉴욕, 뉴욕〉은 성공해서 모든 것을 얻은 자에게 어울리는 도시의 찬가다. 무명 가수 시시가 부르는 그 노래는 여전히 멀기만 한 그녀의 꿈을 담았기에 비참하고 애달팠다. 오빠 브랜든은 그런 시시를 누구보다도 사랑하고 이해한다. 가희를 아끼는 청중의 모습으로, 다가가지 못하는 연인의 모습으로, 어쩔 수 없는 남매의 모습으로.

그가 할 수 있는 건 그저 노래를 듣고서 소리 죽여 우는 것뿐이다.

공허한 섹스와 소통할 수 없는 관계들이 가득한 도시는 남매
의 슬픔과 소망을 안은 채 무심히 반짝였다.

내가 너를 사랑하는 이유 ──── 영화 〈은교〉

은교, 2012
소녀의 싱그러운 젊음에 매혹당하다

의아했다. 어째서 30대 중반의 박해일이 60대 중반의 이적요를 연기했을까? 연기를 잘하는 배우지만, 머릿속에는 젊은 배우 박해일만이 남아 늙은 박해일로 몰입하기가 어려웠다. 노인 배우를 직접 캐스팅하기에는 영화를 바라보는 대중의 시선이 그만큼 무서웠던 걸까? 대중은 또 무얼 무서워하는 걸까?

박범신의 원작 소설은 도발적이다. 명성이 높은 60대 남성 문

학가 이적요가 10대 여고생 은교를 사랑하는 이야기. 나이가 들어간다면 누구든 젊음에 대한 동경, 다시 오지 못하는 청춘에 대한 회한에 대해 깊이 공감할 것이다. 겉으로 드러내지 못하는 고민을 성찰할 수 있기에 우린 문학을 사랑하고, 영화를 사랑하는 게 아닐까?

작가 이적요는 문단의 거목으로 모든 걸 이룬 듯 보이지만, 내면에서는 문학계의 고정된 '이적요'라는 역할로부터 벗어나 새롭게 변화하고 싶다. 그를 존경하고 따르는 제자 서지우는 문학적 재능이 없어 번민하던 중 이적요로부터 제안을 받게 된다. 이적요의 새로운 장르문학을 서지우의 이름으로 발표하는 것. 마치 못생긴 시라노 백작이 잘생긴 남자에게 대필 편지를 써주며 록산느의 사랑을 갈구했듯이. 참신한 작품은 단숨에 베스트셀러가 되고, 서지우는 혜성같이 등장해 인기 작가의 반열에 오른다.

그들의 관계에 소녀 은교가 들어선다. 작업실을 청소해주는 아르바이트생 은교는 언뜻 평범해 보이지만 결코 평범한 소녀가 아니다. 소설을 읽고는 나이를 초월한 공감의 가능성을 보여준 것이다.

이적요가 은교를 사랑하게 되는 계기는 제자 서지우 때문이 아닐까? 30대 중반의 남자 제자인 서지우, 이 세 사람을 묶고 있는 공통의 언어는 문학. 젊은 서지우의 존재가 아니었다면 이적요는 젊음에 대한 자신의 회한도, 다시 순수의 언어로 사랑을 하고 싶은 마음도 몰랐을 것 같다.

이적요는 말한다. 늙음이 나의 죄가 아니듯 젊음도 너의 노력으로 얻어진 상이 아니라고.

우린 누구에게도 이해받지 못하고, 누구도 이해할 수 없다. 그럼에도 이해하고 싶고 이해받고 싶은 간절함에 서로를 만난다. 그 노력이 우릴 조금씩 성장시키지 않을까? 죽을 때까지 배우려는 이적요의 정신은 단단하고, 그 씨앗은 새로운 세대인 은교에게 이어진다.

소년 이적요가 그랬고, 소년 서지우가 그러했듯 소녀 은교는 두 사람과의 만남을 통해 자신만의 꽃을 피울 것이다.

사랑 게임의 규칙 ——— 영화 〈페어웰 마이 퀸〉

Farewell my queen, 2012
역사가 기록하지 못한 '마리 앙투아네트'의 마지막 사랑

18세기, 프랑스 왕비 마리 앙투아네트와 가브리엘 폴리냐크 공작부인은 로맨틱한 친구 관계였을까? 연인 관계였을까?

영화는 이 질문에서 시작된다.

스캔들이건 역사적인 사실이건 분명한 점은 한 여성을 향한 왕비의 총애.

왕자 공주의 가정교사로 입궁했던 폴리냐크 부인, 입궁할 때는

보잘것없이 가난했던 이 귀족 부인은 출궁할 때는 마차 네 개를 가득 채울 만큼 축재를 했다. 대혁명의 불길이 거세게 프랑스 귀족들을 집어삼킬 동안 외국에서 안전하게 피했다고 한다. 후일 그녀의 아들은 프랑스 수상이 되었다고 하니 가문의 기반을 형성할 만큼 왕비의 총애가 대단했던 것만은 사실일 것이다.

폴리냐크 부인은 타인의 마음을 쥐락펴락하는 유혹의 기술이 상당했던 것 같다. 이처럼 요령 있게 사는 사람이 부럽다. 설령 유혹의 원리를 깨닫는다 해도 순수를 마음 한구석의 이상향이자 가치라 여기는 사람은 사랑게임의 먹잇감이 되는 가혹한 운명에서 벗어나긴 어려울 테니 말이다.

로버트 그린ROBERT GREENE의 책 『유혹의 기술THE ART OF SEDUCTION』에서는 사랑에 관한 순수성의 신화를 참담하리만큼 부수어준다. 그 가치를 신봉한다 한들 마음을 주는 상대에게 들켜선 안 된다는 것, 최대한 자신의 욕망을 다스리고 타인의 욕망의 불씨를 꺼뜨려서는 안 된다는 것. 그것이 사랑의 규칙이다.

영화는 세 여성의 삼각관계를 다룬다. 앙투아네트의 책을 읽어주는 시종 시도니, 앙투아네트 왕비 그리고 폴리냐크 부인. 쫓고 쫓기는 사랑 게임. 사랑하는 이는 순수함을 바치고 사랑받는 이는 그

열정을 당연한 듯 헤프게 낭비한다.

　삼각관계의 승리자인 폴리냐크 부인은 마냥 행복했을까? 나를 사랑하는 누군가를 짓궂게 괴롭힌 경험이 있는 사람이라면 그 허영과 도취의 기쁨을 잘 알 것이다. 그러나 숭배받는 처지에 익숙한 연예인이나 성직자 기질을 가지지 않은 이상, 사랑하지 않는 사람과 보내는 오랜 시간은 꽤 불편했을 것이다. 그녀가 받은 금은보화는 그동안의 고단함을 참는 당연한 대가였을지도 모른다.

　사랑하는 자 시도니, 사랑하는 자 마리 앙투아네트. 그들은 자신의 여왕을 위해 열정을 바친다. 목숨을 버릴 만큼 순수한 가치란 무엇이었을까? 꽃들의 여왕 장미. 베르사유의 장미, 시도니와 앙투아네트는 화려하게 피어난 이 장미꽃의 향과 아름다움에 취한다. 어느 날 그들은 그 장미꽃이 사실은 양귀비꽃이었음을 깨닫는다. 아편의 재료, 희열과 중독, 죽음으로 이어질 수 있는 양귀비꽃.

　과연 정말 몰랐을까? 위험한 양귀비꽃임을 알았더라도, 실은 애써 장미꽃이라고 믿고 싶었던 건 아닐까? 무미건조하던 삶이 한 사람 때문에 어느 날 갑자기 생생해진다. 그녀들에게는 그것만으로도 충분하지 않았을까?

푸른 젊음, 첫사랑 ── 영화 〈가장 따뜻한 색 블루〉

La vie d'Adele, 2013
사랑을 꿈꾸는 소녀들

첫사랑과 헤어졌을 때 우리가 헤어지게 된 이유는 사랑이 충분하지 않아서, 라고 막연히 생각했다. 내 사랑이 부족해서, 너의 사랑이 부족해서. 아니, 실은 가슴속 깊은 곳에는 다른 이유도 숨어 있었다. 하지만 나는 사랑 탓이 아니라고 믿을 만큼 현실적인 사람이 아니었다.

첫사랑. 드물게도 누군가는 그 사랑과 인연이 이어져 함께 살

기도 하지만, 대부분 헤어진다. 이유가 뭘까? 첫사랑이 우리에게
아련한 이유는 뭘까? 아마도 모든 것의 이유가 사랑 때문이었노라
망설임 없이 말할 수 있기 때문이 아닐까?

　프랑스 영화 〈가장 따뜻한 색 블루〉는 첫사랑의 아련함으로 가
득하다. 고등학생 아델은 길을 걷다 우연히 푸른 머리칼의 엠마와
서로 눈이 마주친다. 첫 만남, 싱그러운 초록빛 나무가 가득한 숲
공원 벤치에 앉아 스케치북에 아델을 그려주는 엠마. 하얀 도화지

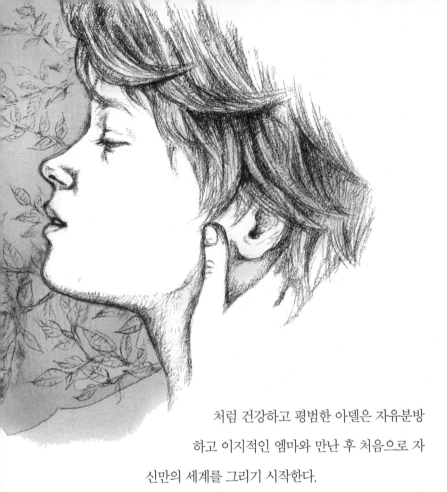

처럼 건강하고 평범한 아델은 자유분방
하고 이지적인 엠마와 만난 후 처음으로 자
신만의 세계를 그리기 시작한다.

　연인이 된 두 사람은 동거를 시작한다. 학교를 졸업하고 유치
원 교사가 된 아델 그리고 촉망받는 젊은 화가 엠마. 열정은 그들의
삶을 행복으로 묶었지만 함께하는 일상이 계속될수록 무언가 어긋
나는 균열도 그들의 삶에 조금씩 무늬를 더한다. 서로를 알아갈수

록 함께하기 어렵다는 마음의 소리. 사랑하기 때문에 외면하고 싶은 소리.

서로의 집에 초대받아 가족과 함께 식사를 할 때, 친구들과 파티를 할 때, 그들의 균열은 더 눈에 띈다. 현실적이고 보수적인 아델의 환경, 이상적이고 진보적인 엠마의 환경. 달라서 둘을 매료시켰던 이 만남은 그들 자신과 둘러싼 사회를 뚜렷이 바라보는 거울이 된다.

문득 파스칼 레네^{Pascal Lainé}의 소설 〈레이스 뜨는 여자^{La Dentell-ière}〉가 생각났다. 휴가지에서 만난 남자와 여자가 사랑하고 헤어지는 이야기다. 남자는 중산층 대학생, 여자는 가난한 보조 미용사. 남자의 친구들이 놀러와 함께하는 자리에서 결코 섞이지 못한 채 침묵을 지키던 여자의 표정. 함께해도, 아니 함께하기 때문에 더욱 짙은 불통의 공허함이 참 아렸었지.

헤어진 아델과 엠마. 시간이 흘러 상처가 아물 즈음, 엠마는 전시회에 아델을 초대한다. 어느새 엠마의 머리칼은 다갈색으로 변해 있다. 아델을 모델로 그려낸 그림들. 그러나 그것은 과거의 찬란했던 기억일 뿐. 섞이지 못하는 어색한 전시회 파티에서 아델은 조용히 자리를 뜬다.

서로를 충만하게 감싸던 그들의 푸른 젊음, 첫사랑. 서로에게 닿지 못한 지점들은 기억 속에 흐릿해질 것이고 맞닿은 감미로운 지점들은 소중히 간직되겠지. "평생 애틋할 거야."라고 울먹이던 엠마의 말을 잊지 못할 것 같다.

놓아주지 못하는, 벗어날 수 없는

──── 영화 〈비엔나 호텔의 야간 배달부〉

Il Portiere Di Notte, 1974
전쟁 세대의 발칙한 사랑 이야기

도발적이다. 나치 친위대 장교와 수용소 유태인의 사랑, 그것도 피학과 가학의 사랑이라니.

릴리아나 카바니^{LILIANA CAVANI} 감독의 영화 〈비엔나 호텔의 야간 배달부〉는 제2차 세계대전 때 독일 나치의 유태인 대학살이란 역사적 만행을 통해 과거와 현재의 상관관계를 이야기한다.

1957년 오스트리아 비엔나. 신분을 세탁하고 은둔하며 살아가는 나치 전범들은 비엔나의 한 호텔에 모여 서로를 보호하며 살아간다. 행여 죄상이 탄로날까 증거를 인멸하고, 유태인 증인을 은밀히 살해하는 것도 그들의 임무다.

　나치 친위대 의무관이던 막스는 현재 호텔의 야간 배달부로 일하던 중 손님으로 투숙한 루치아와 10여 년 만에 재회한다. 유태인 수용소에서 기이한 관계를 맺었던 막스와 루치아. 죽음의 수용소에서 막스는 자신만의 방식으로 루치아를 보호했다. 루치아 역시 막스에 대한 벅찬 감정에 사로잡히고, 둘은 운명처럼 재회를 받아들인다. 수용소 여자 증인이 비엔나에 나타났다는 소문이 전범들에게 퍼지자, 막스는 루치아를 보호하기 위해 자신의 아파트에 그녀를 숨긴다.

　수용소의 풍경은 기이하고 에로틱하다. 나치 장교들의 성적 노리개였던 유태인 루치아. 회전 그네 위에 태워진 유태인들을 재미 삼아 하나둘 총으로 저격하는 나치 대원들. 그네에 탄 루치아에게선 어떤 감정도 읽을 수 없다. 그녀는 벌거벗은 채 웃으며 막스의 총세례를 피하고, 나치 장교 복장을 한 채 퇴폐적인 춤과 노래를 부른다. 막스는 루치아에게 사랑의 선물로 유태인 남자의 목을 바친다. 마치 헤롯왕이 살로메에게 요한의 목을 선물로 준 것처럼.

루치아는 왜 막스를 다시 찾아왔을까? 무얼 확인하고 싶었을까? 다시 만난 둘의 사랑은 이전처럼 폭력적이고 우울하다. 전쟁은 끝나고 삶은 계속되지만 과거는 그들을 놓아주지 않는다. 각인되어 버린 피학과 가학의 사랑. 더 이상 잊은 척 살아갈 수 없었기에 설명할 수 없는, 이 인연을 완성하고 싶었던 걸까?

　　이 영화는 꽤 오랫동안 나를 괴롭혔다. 내 마음은 루치아와 막스의 사랑을 사랑으로 부르기 주저했기 때문이다. 상대방에 대한 존중이 없는 사랑을 사랑으로 부를 수 있을까?

　　어쩔 수 없는 그들만의 세상이 있었다. 비현실적인 지옥 속에 한 여자와 남자가 있었다. 그들은 서로를 깨달았다. 지옥이 아니었다면 그 감정은 충분히 사랑이라 불렸을 것이다. 그들은 지옥 속에서 할 수 있는 최선의 방법으로 서로를 사랑했다.

　　10여 년간의 침묵을 깬 '자유인' 루치아. 그녀는 그 사랑의 정체를 확인하고 싶었던 것은 아닐까?

보고 싶은 것만 보고, 듣고 싶은 것만 듣고

───── 영화 〈지금은 맞고 그때는 틀리다〉

2015
서로 다른 데칼코마니 사랑

과거와 현재를 기억하는 방식은 사람마다 다르다. 심지어 같은 사건을 기억하는 사람들의 진실이 저마다 다르다는 사실은, 고정된 진실은 애초 존재하지 않음을 여실히 보여준다.

첫 번째 이야기, 〈그때는 맞고 지금은 틀리다〉. 영화감독 춘수는 '관객과의 만남'을 위해 수원에 왔다. 실수로 하루 일찍 와 얻게 된 뜻밖의 휴가. 여성 진행 스태프를 보고, 춘수는 고작 하루인데 그녀와 절대 사고 치지 않겠다는 다짐을 하며 고궁으로 향한다.

우연히 고궁에서 만난 여자 희정. 사랑스러운 한 마리 고양이 같은 그녀는 화가다. 둘은 차를 마시고 희정의 화실에서 그림을 보고, 술자리에서 호감을 나눈다. 희정의 친구들과 카페에서 합석하게 된 춘수는 얼떨결에 자신이 유부남임을 밝히고 만다. 어쩐지 실망한 것 같은 희정을 뒤로하고, 둘의 짧은 인연은 그렇게 끝나버린다.

다음날 '관객과의 만남'에서 춘수는 자신의 영화에 대해 단순 명료한 정의를 원하는 평론가가 몹시 불편하다. 전날 만났던 여성 시인은 춘수의 영화를 보러 오고, 자신의 시집을 선물한다. 춘수는 마음에 뒀던 여성 스태프로부터 나중을 기약하는 기쁜 포옹을 받고, 서울로 떠난다.

두 번째 이야기, 〈지금은 맞고 그때는 틀리다〉. 남자 춘수는 고궁에서 여자 희정을 만난다. 어쩐지 주눅 들어 있는 듯한 희정은 예민하고 자기 세계가 분명해 보인다. 춘수의 영화를 본 적 없는 희정은 자신의 그림에 대해 거침없이 평가하는 그에게 화를 내고, 둘은 곧 화해를 한다. 술자리에서 대화를 나누며 그들은 서로 옅은 호감을 느낀다. 유부남인 자신의 처지를 슬퍼하는 춘수와 아쉬움을 나누는 희정. 희정의 친구들과 합석한 카페, 그녀들은 춘수를 칭찬

하는데 술에 취한 춘수는 갑자기 옷을 벗고 그녀들에게 추태를 부린다.

다음날 춘수는 '관객과의 만남'을 잘 진행하고, 스태프와 평론가의 배웅을 받는다. 춘수의 영화를 보러 온 희정과 재회한 춘수, 만감이 교차한 남자와 여자는 그렇게 이별하고, 희정은 아쉽지만 어쩐지 희망적인 표정으로 극장을 나온다.

비슷한 듯 다른 두 가지 이야기는 과거와 현재, 허구와 진실이 뒤섞인 듯한 묘한 느낌을 준다. 첫 번째와 두 번째의 희정은 참 달라 보인다. 첫 번째 이야기에선 달콤하고 사랑스러운 그녀는, 두 번째 이야기에선 아무도 쉽게 접근할 수 없을 정도로 냉랭해 보인다. 춘수의 눈에는 희정의 까다롭고 툭툭 내뱉는 말조차 다정하고 사랑스러워 보인 걸까?

영화 속에서 춘수는 일반적으로 호감 가는 여자를 대하는 남자의 두 가지 태도를 보여준다.

첫 번째의 춘수는 희정을 '예쁜 여자'로 본다. 그것도 어떻게 한번 작업을 걸어보려는 가벼운 섹스 상대로 여긴다. 그래서 희정이 치열하게 그림을 그리는 모습이 그토록 달콤해 보인 것이다. 그

에게는 담배를 피우는 희정의 모습조차, 그림도 그리는 예쁜 여자답게 퍽 낭만적이었다. 애초 춘수의 눈에는 실존을 담은 희정의 그림 따위는 보이지도 않았으리라.

두 번째의 춘수는 희정을 한 '인격체'로 대한다. 화가로서의 희정을 존중하고 그녀의 성격을 있는 그대로 받아들인다. 그렇기에 희정의 그림을 곧이곧대로 평가해 그녀의 화를 잔뜩 돋운다. 그런 춘수의 진심은 고스란히 희정에게 전달된다.

호감 있는 여자를 대하는 남자의 두 가지 태도, 어떤 게 맞고 어떤 게 틀릴까?

적어도 희정은 이렇게 말했을 것이다.

첫 번째 춘수는 틀리고 두 번째 춘수는 맞다고.

당연하지 않은 것투성이의 세상 ──── 영화 〈버팔로 66〉

Buffalo 66, 1998
행복은 언제나 선택의 문제

빌리는 이제 막 출소했다. 막상 뭘 해야 할지 막막한 그는 갑자기 화장실에 가고 싶은 충동을 느낀다. 교도소로 돌아가 화장실 좀 쓰겠다고 하자 간수는 형기를 다 마쳤다며 요청을 거부한다. 근처 터미널도 식당도 오늘따라 화장실은 모두 공사 중이다. 단순한 생리 욕구마저 그에겐 쉽지가 않다. 당연해 보이는 것들이지만 빌리의 세상은 이렇듯 당연하지 않은 것투성이다. 빈센트 갈로 VINCENT GALLO

의 영화 〈버팔로 66〉은 꼬인 인생을 푸는 실마리에 관
해 이야기한다.

　　1966년 미식축구 버팔로 팀의 광팬인 부모에
게서 태어난 빌리. 매번 지기만 하는 버팔로 팀이
딱 한 번 우승한 날, 태어난 아이가 바로 빌리였다.
빌리는 버팔로 팀의 우승에 무리한 판돈을 걸고,
그 빚 때문에 남의 죄를 뒤집어쓰고 5년의 형기를
마쳤다. 억울하다 못해 기가 찬 노릇. 빌리는 이 모
든 원인은 팀을 패배로 이끈 스콧 우즈 선수의 탓
이라 생각하고, 복수를 다짐한다. 출소하면 그를 죽
이자, 그리고 자살하자!

　　부모님은 그동안 빌리가 감옥에 있었던 사실조차 모른다. 훌
륭한 아들이 되고 싶었던 빌리는 거짓으로라도 부모님을 안심
시키고 싶었다. 복수를 감행하기 전 마지막으로 부모님을 만
나러 가는 빌리. 우연히 맞닥뜨린 여자 라일라를 납치하고 다
정한 부부인 척 연기를 강요하는데, 의외로 인질인 라일라는
빌리의 요구를 순순히 들어준다.

　　오랜만에 마주한 가족은 어색하기 그지없다. 아들의 방문보다

는 TV 경기가 더 중요한 어머니, 아들에 대한 다정함 대신 며느리에게 추파나 던지는 아버지. 잘 지내보려는 의지는 서로 겉돌고 침묵과 잡음만 번갈아 떠돈다. 어린 시절 빌리가 사랑했던 강아지 빙고는 집에 오줌을 쌌다는 이유로 아버지에게 쫓겨났다. 어머니는 빌리의 출산 때문에 우승 경기를 놓쳤다며 아들을 두고두고 원망했다. 변함없이 남남 같은 가족의 모습에 빌리는 쓸쓸히 집을 나선다.

납치범과 인질의 묘한 인연으로 만난 라일라는 빌리의 숨은 진심을 엿본다. 거칠고 허세 가득한 행동들은 사랑받고 싶은 여린 마음 때문임을 깨닫는다. 라일라는 꼭 돌아오라고 빌리를 다독이고, 죽음과 삶의 긴 고민 끝에 빌리는 결국 삶을 선택한다.

영화 속 빌리의 삶은 현실적이다. 가족도 사랑도 직장도 마음처럼 쉽지가 않다. 오래도록 짝사랑했던 동창생은 빌리의 이름조차 기억하지 못했다. 나름 잘 어울리는 빌리와 라일라는 계속 서로의 눈치를 보며 호감을 가늠한다. 빌리는 볼링 실력을 과시하고, 라일라는 사랑스럽게 탭댄스를 춘다. 영화라면 보통 너무나 쉬울 사랑이, 참 어설프고 더디게 이루어진다. 용기 있게 다가가는 라일라의 손길에도 빌리는 한참을 망설이고 수줍게 안길 따름이었다. 그래서 더욱 진실하게 다가온다.

오랫동안 부모님에게서 얻지 못한 사랑을 과연 낯선 이가 채워줄 수 있을까? 남보다 못한 가족은 말 못할 슬픔일 것이다. 가족은 빌리가 원했던 사랑을 주지 못했다. 하지만 그에겐 묵묵히 챙겨준 친구 로키가 있었고, 빌리의 재주를 응원하고 기다려준 볼링장 아저씨가 있었다. 하루 동안의 짧은 인연이지만 그를 알아봐준 라일라가 있었다.

사랑은 뭘까? 그저 등을 토닥이는 손, 기댈 수 있는 어깨. 최악의 하루를 최고의 하루로 바꿀 수 있는 작지만 큰 힘이 아닐까?

이상과 현실, 함께할 수 없는 슬픔

———— 토마스 만의 소설『트리스탄』

Tristan, 1903
거부할 수 없는 사랑의 대가

이상과 현실은 살아가는 데 양날의 검으로 작용한다. 때로는 독이 되기도 하고 약이 되기도 한다. 우리의 삶을 허망하게도 하고 의미 심장하게도 만든다. 이상과 현실의 완벽한 조화, 그런 삶이 과연 가능한 걸까? 토마스 만THOMAS MANN의 소설『트리스탄』은 내밀하게 묻는다.

요양소에서 한 남자와 한 여자가 만난다. 무슨 생각을 하는지

도통 알 수 없는 창백한 남자 슈피넬, 온화하고 아름다운 여자 가브리엘레. 몸이 아프거나 마음이 아픈 사람들, 세상과 조화를 이루지 못한 사람들의 은둔처인 요양소. 이 작은 세계에서도 우정과 사랑은 꽃피고, 하릴없는 사람들의 시시콜콜한 관심과 질투 또한 여전하다.

두 사람의 만남은 피아노 때문이었다. 가브리엘레와 슈피넬의 만남은 타인은 결코 침범할 수 없는 둘만의 언어로 이루어진다. 그것은 음악이었다. 서로의 연주로 마음을 읽고 전할 수 있는 두 사람은 공명하기에 이르고 이는 예상치 못한 격정으로 그들을 이끈다.

그러나 가브리엘레에겐 남편이 있었다. 부유하지만 속물 사업가인 남편 클뢰터얀과 가난하지만 자신을 알아주는 작가 슈피넬. 두 남자 사이에서 가브리엘레는 고뇌한다.

세 사람의 이야기는 바그너의 오페라 〈트리스탄과 이졸데〉를 연상시킨다. 기사 트리스탄은 삼촌인 마크 왕의 명령으로 신부가 될 이졸데 공주를 맞이하러 간다. 하지만 트리스탄과 이졸데는 금지된 사랑에 빠져버리고, 비탄의 운명이 그들을 기다린다.

현실감각이 약한 예술과 정신의 상징 슈피넬. 예술과 정신에는 무지하고 지극히 현실적인 속물 클뢰터얀. 그사이에서 고뇌하는 거세된 예술가 가브리엘레. 가브리엘레는 피아니스트로서 천부적인 재능을 지녔었다. 그러나 결혼하면서 남편의 바람대로 피아노를 그만두고 온화한 귀부인으로서 살아간다. 슈피넬은 '클뢰터얀 부인'이 아닌 '가브리엘레'로서의 그녀를 다시 일깨운다.

그녀는 왜 아팠던 것일까? 피아노를 그만둬서는 아니었을까? 클뢰터얀이 가브리엘레에게 피아노를 금지시킨 이유는 그녀의 건강을 염려해서였다. 음악을 이해하지 못하지만 적어도 위험한 음악의 힘만은 어렴풋이 깨달았던 클뢰터얀. 그녀를 사랑했기에 소중한 것을 빼앗았던 것이다.

슈피넬은 그녀에게 음악을 빼앗을 자격이 없다고 힐난한다. 두 남자의 갈등은 극렬하게 맞부딪힌다.

리스트의 피아노곡 〈이졸데의 사랑의 죽음〉. 가브리엘레는 슈피넬과 함께 이 곡을 연주함으로써 비로소 자신이 진심으로 원했던 것을 깨닫는다. 그리고 자신의 운명도 깨닫는다. 누구보다 음악을 사랑했지만 그녀에게 음악은 허용되지 않았다. 금지된 피아노 연주를 재개함으로써 의사의 말대로 그녀는 죽어간다. 그러나 행복하게 죽어간다. 금빛 새장 속 삶을 버리고 자기만의 날개를 활짝 펴기를 원했던 여성은 죽음을 통해 다시 살게 된 것이다.

슈피넬은 누구보다도 잘 알고 있었다. 현실 속에서 그들은 결코 결합할 수 없으리란 걸. 그리고 그것이 자신이 줘야 하는 몫의 사랑이었음을.

트리스탄, 그 이름의 뜻은 '슬픔'이었다.

세상이 그토록 아름다웠던 이유는

———— 영화 〈블라인드〉

Blind, 2007
사랑이란 앞을 볼 수 없는 장님과 같은 것

동화 『눈의 여왕』 속 카이는 어느 날 차갑고 못된 아이로 변해버린다. 악마들이 뿌린 거울 조각이 눈에 들어갔기 때문이다. 거울 조각 때문에 아름답고 차가운 눈의 여왕에게 반해버린 카이는 춥고 얼어붙은 눈의 궁전으로 가버렸다.

눈의 여왕과 함께 산 카이는 불행했을까? 행복했을까?

『눈의 여왕』에서 모티브를 얻은 영화 〈블라인드〉는 장애를 가

진 두 사람이 서로의 장애 때문에 마음을 열고, 상처를 치유해나가는 과정을 그린다.

그리고 되묻는다. 핸디캡은 반드시 나쁜 것일까?

젊고 아름다운 귀족 청년 루벤은 눈이 보이지 않는다. 어린 시절 병으로 눈이 멀게 된 루벤은 아무것도 할 수 없다는 허탈감으로 고통스러운 나날을 보내고 있다. 처음부터 볼 수 없는 사람과 달리 어린 시절 본 세상의 아름다움을 기억하는 그로서는 견딜 수 없는 현실이다. 친구도 연인도 없이 성에 틀어박힌 루벤. 루벤은 자신을 돌봐주러 온 고용인들에게 폭력을 휘두른다. 엉망진창인 그의 마음은 달랠 길이 없다. 그런 루벤이 걱정스러운 홀어머니는 병이 든 자신이 죽는다면 자립하지 못하는 아들이 어떻게 살아갈지 염려한다.

그러던 중 새로운 고용인이 들어온다. 책 읽어주는 말동무 마리. 그녀는 온통 새하얗고 초라한 중년의 독신 여성이다. 머리칼도 피부도 하얀 알비노 증후군의 마리. 마리는 외모 때문에 부모로부터 학대당한 아픔이 있다. 거울 조각에 다친 얼굴에는 아직도 그때의 상처가 남아 있다. 흉한 외모 때문에 다른 사람과 관계를 맺지 못하는 마리는 혼자만의 세계, 책의 세계로 빠져들었다. 다른 고용인과 달리 마리는 루벤을 똑같이 폭력으로 맞서 간단히 제압해버리고, 루벤은 차츰 지적이고 우아한 그녀의 내면에 깊은 인상을 받는다.

마리는 눈이 보이지 않는 루벤에게는 안심하고 다가갈 수 있었다. 루벤 역시 자신을 불쌍하게 여기지 않고 야단치는 마리에게 진심을 보일 수 있었다. 마리는 자신이 보는 풍성하고 아름다운 세계를 루벤에게 가르쳐준다. 루벤은 그 아름다운 세계에 감동하고, 차츰 마리에게 사랑을 느낀다. 더불어 마리의 영혼이 아름다운 만큼 그녀의 외모 또한 아름다운 색채로 가득하다고 상상한다.

마리는 당황하지만, 루벤에게만큼은 그렇게 보이고 싶은 마음에 그 상상에 동의한다. 그러나 둘의 사랑은 루벤의 눈을 고칠 수 있다는 희소식에 흔들린다.

사랑하는 마리를 볼 수 있다는 희망에 부푼 루벤. 반대로 수술이 다가올수록 마리의 걱정은 커진다. 루벤의 어머니 또한 마리에게 현실을 직시하라 경고하고, 마리는 모든 고통을 감내하고서 루벤을 떠난다.

드디어 세상을 볼 수 있게 된 루벤. 그러나 마리는 곁에 없었다. 충격 속에 그녀를 찾아 헤매던 루벤은 어느 도서관에서 마리를 스쳐 지나간다. 마리를 알아보지 못한 것이다. 상상과는 전혀 달랐던 마리지만 이내 루벤은 초라한 그녀가 마리임을 알아보고 돌아와 달라고 애원한다. 그러나 다시 마음을 닫아버린 마리는 루벤을 떠나는 것이 사랑이라 믿고 사라진다.

루벤은 그토록 갈망했던 세상을 다시 보게 됐지만 행복하지 않다.

그토록 세상이 아름다웠던 이유는 마리 때문이었음을 깨닫는다. 의미를 잃은 아름다움들을 마지막으로 죽 둘러본 루벤은 다시 이전의 볼 수 없는 루벤으로 돌아간다. 마리를 찾기 위해. 그녀를 기다리면서 루벤의 세상은 다시 아름다움으로 가득 찬다.

마리와 루벤은 장애 때문에 다른 사람은 볼 수 없는 세상을 볼 수 있었다. 그 세상은 아름답고 절실했다. 행복을 느끼는 가치는 사람마다 다르다.

눈의 여왕과 함께 산 카이는 행복하지 않았을까? 비록 눈에 박힌 거울 조각 때문이었지만, 그들이 함께한 세상이 과연 가짜라고 말할 수 있을까?

그놈의 지긋지긋한 바람개비들 ─── 영화 〈임프린트〉

임프린트 インプリント, 2005
잔혹한 영상의 절대 공포보다 더 슬픈 현실

미이케 다카시三池崇史 감독의 공포 영화 〈임프린트〉는 텔레비전 호러 시리즈 〈마스터즈 오브 호러MASTERS OF HORROR〉의 열세 번째 작품이다. 워낙 잔인하다는 시사 평 때문에 정작 텔레비전에서는 방영되지 않았다고 한다. 그 이유를 짐작할 만하다. 지극히 현실적이었기 때문일 것이다.

　〈임프린트〉는 작가 이와이 시마코岩井志麻子의 원작 소설 『정말 무서운』을 극화한 작품이다.

　이와이 시마코는 말한다. 과거 여성의 현실은 지옥과도 같았다고. 집을 소유할 권리가 없었으므로 늘 머물게 해줄 누군가를 찾아 의존해야 했기 때문이다. 태어나서는 부모의 울타리를, 성장해서는 다른 집으로 데려가줄 남성의 울타리를, 죽기 전에는 자신의 시신을 안전히 거둬줄 자식의 울타리를 필요로 했다. 그러나 일생 중에 그 어느 것 하나 탄탄하다는 보장이 있었을까? 소수의 행운아가 아니고서는 그 울타리는 허술하고 위태로워 자칫 지옥으로 곤두박질쳐버리기 십상이었다.

　그래서 많은 여자들은 서로 싸웠다. 여자들은 남자를 두고 싸웠다.

　결혼을 하기 위한 싸움, 처첩 간의 싸움, 시어머니와 며느리의 싸움. 질투와 히스테리가 극에 달한 무서운 싸움. 행여 집에서 쫓겨날까 두려웠기 때문이다. 겉으로는 사랑싸움이지만 사실은 생존하기 위한 싸움이었다.

　작가는 장르 문학의 목소리를 빌려 진실을 전한다. 자기만의 방과 집을 지닐 권리와 자유에 대한 소중함을. 그 울림은 오늘날에도 유효하다.

19세기 일본 메이지 시대. 미국에서 온 크리스는 오래전 헤어진 연인 코모모를 찾아 방방곡곡을 헤맨다. 그러다가 그녀가 있다는 창부들만의 비밀스러운 섬으로 흘러든다. 다시 돌아오겠노라 약속하고 떠났던 그가 접하는 소식은 코모모의 죽음뿐이다. 하룻밤을 함께 보내게 된 기묘한 얼굴의 창부. 그녀는 흉측하게 생겼지만 기이한 매력을 지녔다. 이름 모를 창부는 코모모의 죽음을 둘러싼 끔찍하고 무서운 이야기를 들려준다.

어쩐지 석연치 않은 이야기에 자꾸만 진실을 원하는 크리스.

이야기는 한 겹 한 겹 베일을 벗어갈수록 미궁으로 빠져들고 마침내 처참한 진실이 드러난다.

　　이야기는 푸치니의 오페라 〈나비부인〉을 연상시킨다. 일본인 초초상은 미국인 해군 장교 핑커튼의 현지처였다. 핑커튼은 미국으로 돌아가 다른 여성과 결혼해버리지만 이 사실을 모른 채 초초상은 아들과 함께 기약 없이 그를 기다린다. 아들 소식을 들은 핑커튼은 미국인 부인과 함께 일본에 와 아들을 데려가려 한다. 이에 절망한 초초상은 자살한다.

서양 남성은 동양 여성에 대한 환상을 품고 있었고 그녀와의 사랑을 꿈꿨다. 핑커튼은 자신의 추악한 죄를 낭만으로 미화했지만 양심은 두려움에 떨었을 것이다.

행운이 온다는 바람개비의 미신은 많은 일본 여성에게는 실낱같은 희망이었다. 코모모는 바람개비를 돌렸다. 여기에서 어딘가로 자신을 데려가줄 남자를 바라며 돌리고, 자신을 버린 푸른 눈의 남자가 다시 돌아와주길 바라며 돌린다.

이름 모를 창부의 어머니는 집 앞에 수많은 바람개비를 꽂아 두었다. 지옥 같은 우리 집이지만 부디 가족들이 행복해지길 바라고 또 바란다.

바람개비, 그놈의 지긋지긋한 바람개비들.

생존하기로 마음먹은 한 여성이 있었다. 그녀는 아무도 기다리지 않는다. 손에는 바람개비 대신 부채를 들었다. 이름 모를 창부, 흉측한 얼굴을 지닌 그녀는 생선을 굽는다. 부채로 살살 연기를 지펴가면서 자신을 위해 잘 차린 밥상을 위해 스스로 바람을 일으킨다.

이 세상에 우리 둘뿐이라는 환상 ——— 영화 〈라붐〉

La boum, 1980
그 옛날 책받침 여신의 전설은 이렇게 시작되었다!

파티에서 만난 소년 마티유는 소녀 빅에게 헤드폰을 씌워준다. 모두 댄스 음악에 무아지경이 되어 신나게 춤추는 가운데, 헤드폰 속엔 감미로운 발라드가 흐르고 둘만의 느린 춤이 시작된다. 둘만의 음악은 이 세상에 우리 둘뿐이라는 환상을 심어주고, 소녀는 소년에게 사랑을 느낀다.

그렇게 첫사랑은 시작된다.

가장 유명한 10대 영화하면 〈라붐〉을 빼놓을 수 없다. 이 영화가 사랑받은 이유는 이상적인 10대의 삶이 고스란히 반영되었기 때문이 아닐까? 다정한 치과의사 아빠, 세련된 만화가 엄마, 고민을 상담해주는 매력적인 고조할머니는 예술계 명사로 현역 하피스트. 중산층의 평범한 듯 평범하지 않은 소녀의 삶은 10대라면 누구나 꿈꾸는 이상적인 환경이다.

게다가 주말마다 친구들끼리 모이는 자연스러운 '라붐LA BOUM', 즉 파티는 그야말로 낙원이다! 사랑과 우정이 자연스럽게 시작되는 건강한 삶. 실제 프랑스 10대들의 삶이 이토록 근사한지는 잘 모르겠지만, 입시 압박으로 학교, 집, 학원만을 오가야 하는 우리나라 대부분의 10대들에겐 그저 부럽기만 한 꿈이다.

어느 날 소녀는 소년이 더 이상 자기를 바라보지 않는다는 사실에 괴로워한다. 현명한 고조할머니는 봐주지 않는 남자 따위 그냥 차버리라고 조언한다. 아무리 노력해도 이미 변한 마음은 어쩔 수 없다는 걸 잘 알기에. 그걸 깨닫기까지 할머니는 얼마나 많은 사랑을 거듭했던 걸까?

사랑의 실패에는 많은 이유가 있지만, 가장 큰 이유는 나와 남의 마음은 다르다는 걸 모르기 때문이 아닐까? 사랑은 우리 눈을 멀게 하고 하나가 된 듯한 충만감은 원래 우리가 서로 다른 세계를 지닌 두 사람임을 망각하게 만든다.

Reality, 진실은 살짝 쓰라리다.

마티유가 빅에게 씌워준 헤드폰 속에서 리처드 샌더스는 노래한다. "비록 환상일지라도 진심으로 널 사랑해." 헤드폰을 쓴 건 빅 혼자다. 마티유는 그 음악을 듣고 있지 않았다. 둘은 함께 춤을 췄지만, 같은 음악을 들었던 건 아닌 것이다.

10대 시절이 아련하고 소중한 건 마음껏 환상에 취해도 좋은 때이기 때문이 아닐까? 마음이 무너져도 몇 번이고 다시 시작할 수 있는 나이. 비록 환상이라도 진심을 다해 사랑해도 괜찮은 나이.

악착같고 절실하게 ——— 영화 〈매치포인트〉

Match Point, 2005
억세게 운 좋은 남자의 비밀

한 여자와 남자가 있다. 그들은 운 좋게도 신분 상승의 기회를 얻었다. 여자는 왕자님을, 남자는 공주님을 만난 것이다. 이른바 여자 신데렐라와 남자 신데렐라의 탄생. 그런데 하필 이 두 사람이 그만 사랑에 빠져버린다.

두 신데렐라는 과연 어떤 판단을 내릴까?

우디 앨런WOODY ALLEN 감독의 영화 〈매치포인트〉는 '신분 상승'

을 소재로 현실과 이상에 대한 다른 가치관을 보여준다.

테니스 강사 크리스는 신분 상승의 욕구로 가득 찬 남자다. 자신이 가르치는 부유층 자제 톰과의 인연으로 그 여동생 클로에와 만나고, 클로에는 크리스에게 첫눈에 반해 열렬히 구애한다. 드디어 상류사회의 일원이 될 기회를 거머쥔 크리스. 그는 가족 모임에서 톰의 약혼녀 노라를 소개받는다. 아름다운 노라에게 반해버린 크리스. 어떻게든 출세하고 싶었던 크리스는 클로에와 결혼하고 출세가도를 달리며 드디어 상류사회 진입에 성공한다.

우연히 갤러리에서 노라와 재회한 크리스는 격정적인 사랑에 빠지고 위험한 만남이 시작된다. 노라는 크리스에게 임신 사실을

알리며 이혼을 종용한다. 클로에를 선택할지 노라를 선택할지 갈팡질팡하던 크리스는 결국 노라를 살해하고 만다.

'매치포인트'는 테니스 경기에서 마지막 승부를 좌우하는 1점을 말한다. 결과적으로 승리는 운 좋은 자에게 돌아가는 것이다. 영화는 크리스의 입을 빌려 이렇게 말하는 듯하다. 인생 대부분은 착한 사람이 복을 받기보다는 운 좋은 사람이 복을 받는다고.

노라를 없앤 크리스는 운 좋게도 살인 용의자의 혐의를 벗게 되고 부잣집 사위로서 해피엔딩을 맞이한다.

노라와 크리스는 서로 다른 가치관을 보여준다. 노라는 원래 신분 상승 때문에 톰을 선택한 게 아니었다. 톰이든 크리스든 자신의 마음이 움직이는 쪽을 선택했다. 자신과 환경이 다른 상류층 톰보다는 같은 평민 출신 크리스가 현실적인 선택이었을 것이다. 반면 신분 상승이 인생의 목표였던 크리스. 클로에의 사랑이 감지덕

지한 크리스에게 사랑은 감히 꿈꾸어선 안 되는 사치였다.

그렇게 남자 신데렐라는 여자 신데렐라와의 싸움에서 이긴다. 어쩌면 남자 신데렐라 혼자만의 싸움이었는지도 모르겠다.

누군가는 여자와 남자 사이의 승부 근성에 대해 이렇게 말한다. 사회에 진출한 여자에 대해 유독 못되게 구는 남자는 여자에게만 그런 게 아니라고. 남자라는 동물이 워낙 승부 근성이 강하다 보니, 경쟁 구도에 들어서면 성별에 관계없이 싸움을 건다는 것이다.

남자들의 관계를 보면 언뜻 납득이 가기도 한다. 수컷들의 세상은 어디서건 일단 만나면 서열부터 정하는 것 같다. 직장에서부터 심지어 동호회 모임까지도.

여자는 정말로 치열하게 자기 몫을 챙기지 못하는 걸까? 악녀와 팜므파탈은 자기 몫을 잘 챙기는 여자를 말한다. 유독 악녀에 대한 전설이 흥미롭게 다뤄지는 이유는 그런 여자가 워낙 드물기 때문은 아닐까?

적어도 남자들과의 경쟁에서는 그들과 같은 마음가짐으로 임해야 할 것 같다.

악착같고 절실하게.

대부분 인생의 승점은 정의가 아닌, 운이 좌우한다니 말이다.

현실은 꿈, 밤의 꿈이야말로 진실

──── 에도가와 란포의 단편소설「고구마벌레」

「고구마벌레芋蟲」, 1929
사랑이라는 이름의 거짓말

한 장군의 부인이 있다. 전쟁에서 생환을 기뻐한 것도 잠시, 그녀는 육군병원에서 처참하게 망가져 귀환한 남편과 마주하게 된다. 의사는 말한다. 너무 심하게 다쳐서 충격받을 수 있으니 마음 단단히 먹으라고. 침대 커튼을 걷고 그녀가 본 것은 사람이 아니었다. 고구마벌레였다.

　폭탄에 의해 사지는 절단되고, 얼굴도 알아볼 수 없게 망가져

버린 남편은 한 마리의 고구마벌레와 같았다. 혀도 귀도 망가진 처참한 육체에서 오롯이 남은 기능은 먹고 배설할 수 있는 몸, 섹스할 수 있는 몸. 끔찍하게도 남편의 정신만은 온전히 그대로였다. 그에게 남은 것은 '국가 영웅'이라는 호칭과 허울 좋은 훈장이었다.

일본의 추리작가 에도가와 란포EDOGAWA RAMPO의 단편 소설 「고구마벌레」는 치열한 반전 소설이자 애절한 연애소설이다. 일본의 만화가 마루오 스에히로MARUO SUEHIRO는 이를 아름답고 섬세한 연출로 각색해 동명의 만화로 풀어내기도 했다. 소설은 러일전쟁1904-1905을 배경으로, 전쟁에 의해 극단으로 치닫는 비극적인 주인공들을 그려낸다.

그녀는 망연자실한다. 남편의 가족조차 다친 남편을 그녀에게 떠맡긴 채 외면하는 기가 막힌 상황. 사랑했던 남편, 사랑받았던 행복한 시간은 거짓말처럼 사라졌다. 남편과 저기 누운 벌레가 같은 존재라고는 도저히 생각할 수 없는 끔찍한 현실. 역설적이게도 그와 그녀에게 남은 유대는 바로 섹스였다.

남편은 생각한다. 아내에게 자신이 해줄 수 있는 유일한 것은 섹스밖에 없다고. 섹스는 그에게 있어 존재를 드러내는 최선이었다. 외부에서는 결코 알 수 없는 그들의 비밀스러운 생활은 복잡하고 처절하다. 그는 그녀가 떠날까 봐 두렵고 망가져버린 자신에게 붙들려 있는 그녀가 불쌍하다. 그런 생각을 하는 자신이 싫고 비참하다.

그녀는 짐이 되어버린 그가 싫고 불쌍하다. 그런 생각을 하는 자신이 싫고 비참하다.

두 사람은 섹스를 통해 대화한다. 애증과 혼란을 담은 그들의 육체는 애써 불안을 잠재우려 한다.

그러나 어떻게 알 수 있을까? 아무리 몸을 부딪쳐 상대와 하나가 된다 해도, 진심을 알 수 있을까? '죽어버렸으면 싶으면서도 죽지 않길 바라고, 추악하고 비참한 섹스를 그만뒀으면 싶으면서도, 절실하게 원한다. 혐오하면서도 연민으로 가득하다.' 그것은 여자의 마음이며 동시에 남자의 마음이었다.

결국 남자는 자살을 선택한다. 느릿느릿 몰래 집을 빠져나간 그는 우물을 향해 힘겹게 몸을 던진다.

"용서할게."

그가 입으로 연필을 물고서 한 자 한 자 어렵게 써내려간 글자. 고통이 극에 달한 순간 자신을 죽이려던 아내에게 전하는 남편의 마지막 목소리였다.

자연의 법칙은 잔인하다. 어린이들은 심심풀이로 고구마벌레를 죽인다. 새들은 일용할 양식으로 고구마벌레를 먹는다. 고구마벌레는 살기 위해 발버둥 친다. 그러나 삶은 고구마벌레의 의지와는 무관하다. 항상 숨죽여야 하고 자유롭게 움직이지도 못하는 고구마벌레의 운명.

문득 슬프고도 두려워졌다. 운명의 거대한 수레바퀴 아래서는 누구나 연약한 고구마벌레와 다름없기 때문이다.

전체주의의 폭력은 연인들의 삶을 엉망으로 부쉈다. 존엄과 사랑을 지키기 위해, 고구마벌레이기를 거부한 한 남자의 선택이 오랫동안 가슴을 울린다.

사랑의 어리석음 —— 영화 〈애꾸라 불린 여자〉

They Call Her One Eye, 1974
악에는 한계가 없다!

여전사 하면 보통 어떤 이미지를 떠올릴까? 날렵하고 큰 키, 탄탄한 근육질 몸매, 날카롭고 공격적인 느낌. 이를테면 배우 미셀 로드리게즈MICHELLE RODRIGUEZ나 안젤리나 졸리ANGELINA JOLIE, 크리스틴 스튜어트 KRISTEN STEWART, 샤를리즈 테론CHARLIZE THERON처럼. 이들은 모두 한마디로 받은 만큼 되돌려줄 법한 강렬한 여성들이다.

작고 아담한 체형에 소녀다운 얼굴은 여전사라는 캐릭터와는

Christina Lindberg

They call her One eye
First they took her speech...
Then her sight...
When they were finished she used
what was left of her for
her own frightening

어쩐지 거리가 멀게 느껴진다.

영화 〈애꾸라 불린 여자〉는 쿠엔틴 타라티노Quentin Tarantino 감독이 여성 복수극의 영감을 받은 영화로 언급해 유명해진 1970년대 영화다. 줄거리는 단순하다. 착한 여자가 악당들에게 처절하게 유린당한 후 피의 복수를 감행한다는 것이다. 여주인공이 너무 작고 연약해 보였다는 점이 내 흥미를 끌었다.

어릴 적 성추행 사건으로 실어증에 걸린 소녀 매들린은 세상과 단절한 채 조용히 살아간다. 그녀는 어렵게 마음의 문을 연 첫 남자 토니에게 속아 생의 밑바닥을 전전한다. 인신매매와 마약, 매춘까지. 너무도 잔인하게 파괴된 소녀. 영화가 시작된 지 얼마 되지 않아 믿었던 남자로부터 메스로 눈을 찔리는 장면은 영화의 모든 장면을 통틀어 가장 잔인하다. 믿고 마음을 준 사람에게 배반당하는 고통만큼 쓰라린 것은 없을 테니까. 두 눈 똑바로 뜨고도 보지 못하는 어리석음에 대한 벌일까? 눈을 잃고 애꾸가 된 매들린은 그때서야 세상의 겉모습 대신 숨겨진 속을 본다.

폭력에 대응하는 방식에 남성과 여성의 차이가 있을까? 본성상 남성이 여성보다 폭력적으로 보인다. 보통 폭력에 폭력으로 대응하는 법은 남자들의 규칙이지 여자들이 취할 법한 방식은 아니다. 여자에게 있어 주먹을 쓴다는 것은 익숙하지 않은 예외적인 경우다.

매들린의 죄는 착한 본성에 있었다. 아니 폭력에 인내하고 기다리면 언젠간 나아지겠지 하는 막연하고 어리석은 믿음에 있었다. 자신은 물론 의지하던 친구와 사랑하던 부모님까지 소중한 존재들을 모조리 잃은 후에야 비로소 받은 만큼 갚아주겠다는 결의가 선다. 그녀가 처음부터 폭력에는 폭력으로 맞섰다면 어땠을까?

너무나 늦어버린 복수. 허망하게 황야를 응시하는 매들린. 정의는 이뤄지고 악인들은 지옥으로 갔다. 그러나 그녀의 눈도, 소중한 사람들도 돌아오지 않는다. 자신의 힘을 믿지 않는 것도 죄란 생각이 들었다.

누가 날 그렸나요 ─── 영화 〈빅 아이즈〉

Big Eyes, 2014
하나의 그림과 두 명의 화가

누가 날 그렸나요? 〈빅 아이즈〉. 큰 눈망울에 눈물이 그렁그렁 맺힌 어린이 그림. 누가 날 그린 진짜 화가인지 밝혀달라고 호소하는 이 영화. 언뜻 솔로몬의 재판이 떠올랐다.

1950년대 말 미국, 어린 딸과 함께 사는 화가 마거릿은 우연히 같은 화가인 월터를 만나 사랑에 빠져 결혼한다. 무명 화가인 그녀는 자신의 재능을 알아봐주는 월터가 고맙다. 무엇보다도 남편이 없고 아빠가 없는 그들 모녀에게 사회적이고 경제적인 방패막이가 되어줄 남성의 존재를 기대하고 희망에 부푼다.

공동의 화실에서 행복하게 각자 작품 세계를 시작하는 여성과 남성. 소심하고 자신감 없는 마거릿이었지만 월터의 발 빠른 홍보와 상업적 재능에 힘입어 그녀가 그린 〈큰 눈의 아이들〉 그림은 드디어 세상에 빛을 보게 된다. 혼돈과 슬픔을 머금은 아이들의 그림, 대중은 마거릿의 그림에 열광하고 기꺼이 그녀의 재능을 인정한다. 물론 모두가 호의적인 것은 아니었다. 주류 미술계의 정식 과정을 밟지 않은 채, 매스컴과 결탁해 대중적인 관심으로 부와 명예를 얻은 이단적인 행보는 응당 미술계로부터 따가운 눈총을 받는다. 어쨌든 그녀의 기대 이상으로 작품은 선풍적인 관심을 끌고, 사랑을 받게 된다.

그러나 세상에 알려진 그 그림의 작가는 '마거릿 킨'이 아닌 '월터 킨'이었다. 남편 월터는 아내 마거릿에게, 표기를 자신의 것으로 하자고 제안한다. 여성 화가를 좀처럼 인정해주지 않는 시대였다. 우리는 부부이고 일심동체니 당신의 것이 내 것이고 내 것이 당신의 것이라고. 좋은 게 좋은 거 아니냐고.

처음에 마거릿은 그의 제안이 혼란스럽고 불쾌했지만 얼떨결

에 승낙한다. 사회적 울타리를 만들어주는 남편이 자신을 떠날까 두려웠고, 자신은 사회와 정면으로 대응해 스스로를 알릴 용기가 없는 사람임을 잘 알았기 때문이다.

마거릿은 가슴으로 낳은 '자신의 아이들'을 그렇게 버리고 만다. 그리고 그 죄의 대가로 골방에 갇힌 채 비밀스럽게 인기 화가 '월터 킨'의 숨은 노예가 된다.

그림이 인정받는다는 것. 처음엔 그것만으로도 기뻤다. 체념과 양보에 익숙한 마거릿에겐 그것은 어려운 일도 아니었다. 지금도 어느 면에서는 마찬가지지만, 1960년대는 비교할 수 없으리만큼 여성이 자신의 목소리를 내기 어려운 시기였다. 모델로서, 뮤즈로서 남성에게 해석되는 여성의 역할이 암묵적으로 요구되는 시절. 여자가 취미로 그림을 그린다는 건 남자에게 사랑받기 좋은 예쁜 장점이다.

그러나 여성이 자신의 시선으로 세계를 해석하고 드러내는 행위를 선보인다는 건, 다시 말해 정식 화가가 된다는 건 쉽게 용납되지 않던 때였다.

마거릿은 용기를 내어 그 이름을 말한다. "조지아 오키프GEORGIA O'KEEFFE는요?" 드물지만 성공적으로 인정받은 여성 화가 조지아 오키프처럼, 뒤늦게라도 화가 마거릿 킨으로 인정받기 위해 그녀는 비로소 움직이기 시작한다.

영화는 지나친 과욕으로 신세를 망친 월터의 인과응보로 끝난다. 그러나 월터가 적당했더라면? 법정 소송으로까지 번지지 않았더라면? 오늘날 마거릿의 그림은 월터의 그림으로 알려졌을 것이다. 처음부터 마거릿의 이름으로 선보였다면, 과연 〈빅 아이즈〉는 그렇게 성공할 수 있었을까?

해피엔딩이 그렇게 개운하지만은 않은 이유다.

담배 연기 속에 스러진 찬란함 ——— 영화 〈어톤먼트〉

Atonement 2008
눈에 보이는 것이 다가 아니다!

1930년대 상류층인 유럽 신여성, 그녀는 담배를 태우며 흐드러진 꽃이 가득 담긴 꽃병을 조심스럽게 옮긴다. 영화 〈어톤먼트〉의 세실리아(키이라 나이틀리)는 자의식이 가득한 멋진 여성처럼 보였다.

　　이언 매큐언IAN MCEWAN의 동명 소설을 원작으로 한 영화는 신분 계급이 지배했던 20세기 초 영국 사회에서 이룰 수 없는 사랑에 가슴 아파한 두 연인 세실리아와 로비 그리고 실수로 두 사람을 불행

에 빠뜨린 브라이오니의 이야기를 다룬다. 브라이오니의 너무나 늦은 속죄는 두 연인의 불행이 깊은 만큼 덧없고 부질없게만 느껴진다.

속죄의 미덕은 뭘까? 과거를 통해 현재와 미래를 대하게 하는 힘이 아닐까? 누구나 실수와 오해로 타인에게 상처를 준 기억과 바꾸고 싶은 아픈 과거 하나쯤은 있게 마련이다. 쉬이 덜어지지 않는 마음의 짐과는 별개로, 스스로의 잘못을 깨닫고 거듭나려는 용기만이 지금의 우릴 온전히 살도록 이끌어주지 않을까?

브라이오니의 기억 속의 언니 세실리아는 안타까움만큼 찬란함을 간직했던 여인이다. 신분의 벽을 과감히 뛰어넘으며 사랑을 지키려 했던 당찬 세실리아. 세실리아 하면 저택의 도서관과 녹색 드레스를 입고 담배를 자연스럽게 문 멋스러운 모습이 떠오른다. 양장본 책과 고급 금속 상자에 담긴 담배가 신사 계급 남성들의 전유물이었던 시대에 담배를 문 세실리아

의 도발적인 모습은 더욱 특별하게 보인다.

세실리아의 담배가 내게 멋스럽게 보이는 이유는 뭘까? 사실 담배는 기호품의 하나일 뿐이다. 여성이 피우고 돌아다니는 것에 불편해하는 편협한 시선이 없다면 이 장면이 그토록 매력을 발휘하지는 못했을 것이다. 지금도 담배는 남성에게는 당당하게 피우는 기호품의 하나이며, 고독과 사색을 상징하기도 한다. 조선 시대만 해도 곰방대를 태우는 여성은 옥수수를 구워 먹는 여성과 다르지 않았다. 그 시절엔 옥수수나 담배가 똑같았고, 딱히 어떤 상징적 의미가 없었기 때문이다.

건강과 결부시켜 걱정을 가장해 여성에게 가해지는 지금의 압력이 아니었다면. 남성이 아니면 작은 기호품 하나조차 마음대로 선택하지 못하는 처지가 아니었다면. 그녀 세실리아가 이토록 내 눈길을 끌었을까?

'그녀'라는 말도 마찬가지다. 그, 그녀. 그남, 그녀. '그 여자'를 가리키고 싶은 나는 갑자기 무슨 단어를 사용해야 할지 머뭇거려진다. 나의 머릿속은 '그녀'를 먼저 떠올리지만, 문득 불편한 무엇과 마주치게 된다. 나는 '그 남자'를 '그남'이라고 사용하지는 않는다.

꼭 2년 반을 담배를 피운 기억이 있다. 클럽에서, 거리에서 반항심을 과시하기 위해, 없는 자신감을 감추기 위해, 존재감을 드러내기 위해 어설픈 담배를 태우던 어린 나는, 졸업 후 회사를 다닌 2년 반 동안 진짜 담배를 피웠다. 집단생활은 힘들었고 불합리한 일들에 대한 분노를 삭이느라 자해의 도구로 선택한 담배는 작은 위로가 되었다. 그러나 담배가 가지는 상징적인 가치가 아니었다면, 결코 담배를 피우지 않았을 것이다.

문득 1930년대 신여성 세실리아가 담배를 태우거나 피운 이유도 크게 다르지 않았을 거라는 생각을 해본다.

여전히 나는 싸우고 있다.

담배를 피우는 여성을 볼 때 불편해지는 나의 시선과. 혹은 매혹되고 있는 나의 시선과. 그리고 '그녀'라는 단어를 사용할 적마다 불편해하고 그때마다 느껴지는 나의 무기력과. 언젠가는 담배를 태우는 세실리아가 더 이상 멋지게 느껴지지 않을 그날을 꿈꾼다.

인간적인 너무나 인간적인

———— 영화 〈팅커 테일러 솔저 스파이〉

Tinker Tailor Soldier Spy, 2011
스파이, 그들도 인간이었다!

'스파이' 하면 임무에 충실한 모습이 먼저 떠오른다. 많은 영화에 등장해 피도 눈물도 없이 명령에 우선하는 그들의 모습은 사람이라기보다는 기계에 가깝다. 스파이들은 과연 냉혈한일까? 그들이 그 직업을 선택한 이유는 뭘까?

전직 영국 첩보부 M16 출신인 작가 존 르 카레 JOHN LE CARRE 는 자신의 경험을 십분 발휘해 실화를 모티브로 한 스파이 소설들을 써냈다. 그의 소설을 영화화한 〈팅커 테일러 솔저 스파이〉는 스파이들의 인간적인 삶의 고뇌에 초점을 맞춘다.

1960년대, 미국과 소련 간의 냉전으로 양측 동맹국 사이의 첩보전은 더욱 심화되고 있다. 영국 첩보부 M16의 은퇴한 요원 조지 스마일리는 충격적인 기밀을 접한다. 소련 정보부 KGB의 우두머리가 수십 년 전 이중 스파이를 양성한 후 비밀리에 영국 정보부에 투입시켰고, 현재는 그 스파이가 M16 수뇌부의 최고위직에 올라 있다는 것이다.

그러나 은퇴한 처지의 스마일리로서는 사건을 파헤칠 여력이 없다. 무엇보다 그를 괴롭히는 건 오랜 세월 고락을 함께해온 동료들을 의심해야만 하는 현실이다.

누가 과연 배신자일까?

영화는 거대한 시대 흐름에 따라 어쩔 수 없는 가치관의 변화를 겪고 이에 혼란스러운 각 개인의 삶을 잘 보여준다. 대부분 정치적 신념으로 이 길에 뛰어든 그들, 제2차 세계대전 이후 세계의 격변 속에서 자부심이 투철했던 스파이들은 순수했던 만큼 반대로 실망과 회의감도 깊어진다. 청춘을 바친 업적이 부정되고 싸울 명분이 모호해진 현실 앞에서 누군가는 그만두고, 누군가는 개인적 영달을 좇는다. 배반해 쫓기는 자도 그 배반을 쫓는 자도, 어느 면에서는 서로의 입장을 이해한다. 스마일리의 오랜 동료, 코니는 말한다. 모두 '나의 남자들'이니 설령 누가 이중 스파이인지 알게 되더라도 알려주지 말아달라고.

정치적 신념이 희석되는 현실 속에서, 늘 뒷전으로 미뤄뒀던 개인으로서의 삶은 그만큼 크게 다가온다. 언제 죽을지 알 수 없는 스파이들. 그들에게 있어 때로 '다정함'은 '냉정함'과 같은 말이었다. 피터는 위험한 임무 때문에 존망이 위태로워지자 연인에게 갑작스런 이별을 통고한다. 행여 사랑하는 사람이 다칠까 진실을 드러내지 못한 채 숨죽여 울음을 삼키고 만다. 동료이자 연인이던 빌과 짐은 서로의 오해를 푸는 순간 잔인한 현실에 직면한다. 짐은 자신이 빌에게 버림받았다고 생각했지만, 빌은 이중 첩자였기에 그에게서 멀어져갔던 것이다.

이중 스파이임이 발각된 빌의 앞에는 죽음보다 두려운 고통의 삶이 기다리고 있다. 짐이 빌에게 해줄 수 있는 최선은 바로 죽음이었다. 리키는 적국의 스파이에게 사랑을 느끼고, 빗속에서 이미 죽어 오지 못하는 그녀를 하염없이 기다린다. 모든 사건을 해결한 스마일리는 복직하고 사랑하는 부인의 곁으로 돌아간다.

스파이들의 가슴속에는 얼마나 많은 사연이 숨어 있을까? 연인에게 사랑과 이별을 고하는 노래, 〈바다LA MER〉는 영화가 끝난 뒤에도 오래도록 긴 여운으로 남는다.

그들의 삶은 우리에게 살아가는 의미를 묻는다. 신념과 나를 살게 하는 사람들의 가치에 대해서도. 지켜진 약속, 지켜지지 못한 약속들 앞에 우린 어떤 마음으로 생을 마감할 수 있을까?

감히 환상이 현실이 되길 바라다

———— 윌리엄 버로스의 소설 『퀴어』

Queer, 1985
살기 위해 그 남자 길을 오르다!

그 남자는 소설가이고 양성애자, 마약쟁이며 살인자다. 술과 마약
에 절어 취중 실수로 부인을 쏴 죽였다. 갈 곳 잃은 중년의 비트족
은 미국을 떠나 멕시코로 아르헨티나로 무언가를 좇아 떠나고 또
떠난다. 그는 도망치려는 걸까? 무엇으로부터?

　　너무나 감당하기 힘든 현실을 마주하려면 어떻게 해야 할까?
뭐가 뭔지 알 수 없이 엉킨 실타래 같은 현실. 작가 윌리엄 버로스

WILLIAM BURROUGHS는 실마리를 찾고 있었다. 글로 끄적여냄으로써 자신의 현실을 대상화시키고 내면의 역한 열기를 식히고자 한다. 냉정하게 식힌 그 여정을 통해 그는 비로소 자신을 똑바로 바라볼 수 있었으리라. 고통스럽지만 반드시 해야만 하는 의식, 그 소설이 『퀴어』다. 『퀴어』는 버로스의 자전적인 소설로 실패한 연애담이며 방랑의 짧은 기록이다.

버로스의 분신인 리는 끊임없이 솔 메이트의 환영을 쫓는 듯 보인다. 사람들은 절대적인 교감을 나눌 수 있는 상대로 솔 메이트를 칭한다. 리가 원하는 사랑은 육체와 정신 모두가 결합된 완전무결함이다. 현재 그의 마음을 사로잡은 남자 앨러턴은 말수가 적고 기민하고 냉랭한 젊은 남자다. 앨러턴은 리의 매력인 지성과 정신적인 이상향과 경지 따위 애초 관심도 없고 알아듣지도 못한다. 그는 리를 원하지 않는 것이다.

리는 모든 걸 잘 알고 있다. 애당초 앨러턴은 그가 원하는 이상적인 사랑의 대상이 아니다. 그럼에도 불구하고 리는 앨러턴을 갈망하고 사랑의 절대적인 약자인 자신을 발견하고 절망한다. 늙은 남자의 부질없는 추파. 리와 앨러턴의 결합은 뭘 의미할까?

부인이 죽고 방랑 끝에 시작한 멕시코에서의 새로운 생활. 사

회적 울타리가 되었던 한 집안의 가장이라는 신분, 가족, 모든 걸 잃고 허울이 완전히 발가벗겨진 지금, 리는 지극히 자유로우면서 외롭다.

앨러턴은 리의 간청으로 유토피아를 찾는 여행에 동참한다. 이상향으로 쫓아 찾아간 그곳은 그냥 현실의 한 장소였다. 유토피아는 사실 리의 마음속에서만 존재했던 것이다. 돈이 떨어질 때까지 함께한 둘의 여정, 앨러턴은 약속대로 그를 떠나고 리의 이상에 대한 짝사랑은 그렇게 끝난다.

그는 퀴어다. 보통사람은 깨어질 환상이 두려워 환상으로만 남겨둔다. 그러나 그는 취하고 싶을 때 취할 줄 알고, 무섭지만 실체를 마주할 줄 아는 괴짜다. 환상을 넘어서 그 환상이 진짜 현실이 되길 감히 원했다.

최고의 예술 ———— 영화 〈베스트 오퍼〉

La migliore offerta, 2013
위조품에도 진품의 면모는 있다!

베스트 오퍼란, 예술 경매시장에서 최고의 작품에 제시되는 최고의 금액을 뜻한다. 예술품 경매사는 작품의 예술적 가치를 품평해 돈으로 환산하는 직업인 셈이다. 사람마다 예술을 바라보는 관점은 각기 다를 텐데, '지금의 최고 예술은 이렇다'고 평가하는 행위가 과연 어떻게 가능할까 의문이 든다.

고전이 존재하는 이유는 지고한 가치가 분명히 있다는 뜻일

것이다. 우린 그 권위를 존중하고 기대어 예술을 접하고, 그 가치는 돈으로 측정되곤 한다. 소위 유명하다는 작품 앞엔 어마어마한 값이 붙기 마련이고, 대중 입장에서는 종종 그 값어치를 확인하러 미술관에 간다. 만약 화가 이중섭이나 피카소의 작품이 굉장한 가격으로 낙찰되지 않았어도 지금만큼의 관심과 사랑을 받고 있을까? 예술의 가치를 돈으로 따지는 행위에 불편한 기분이 드는 건 인간의 심미안을 돈으로 따지고 싶지 않다는 의지 때문일 것이다. 물론 아트 재테크를 권하는 자본주의 시대에, 재산으로서의 가치보다 예술성에 무게를 둔다는 건 퍽 순진한 발상일지도 모르겠다.

최고의 예술이란 과연 뭘까? 최고의 예술품 경매사 버질은 평생을 이 질문과 함께 살아왔다. 늘 장갑을 끼고 제한된 인간관계 속에 사는 독신남 버질. 그에겐 비밀이 있다. 은밀하게 소장한 자신만의 컬렉션에 둘러싸여 그림들과 사랑에 빠져 있는 것. 허점 많은 진짜 인간 여성보다는, 완벽하게 지고의 가치를 풀어낸 그림 속 여성들을 더 사랑하는 것이다.

그러던 중 고택에 은둔하는 여성 클레어의 의뢰는 버질을 새로운 세계로 이끈다. 외부와 철저히 단절된 채 성장해, 바깥세상을 두려워하는 클레어. 버질은 쉽사리 얼굴을 보여주지 않는 클레어의 신비한 매력에 끌리고, 고택에서는 기묘한 기계 부품들이 발견된다. 18세기 전설적인 인형술사 보캉송JACQUES DE VAUCANSON이 제작한 듯한 기계인형의 부속품들. 기계인형이 완성되어갈수록, 버질은 클레어가 실은 기계인형이 아닐까 하는 망상에 사로잡힌다. 그가 쫓아온 최고의 여성, 즉 예술의 현신과 함께하는 꿈이 이뤄질 것만 같다. 그러나 버질의 꿈은 엉뚱하게 산산조각난다. 평생 예술적 가치를 추구해온 버질은 그 예술에 의해 뒤통수를 맞는다. 그가 오만하게 비웃었던 한 장의 그림, 그 그림에서 시작된 모든 환상은 최고라 자부해온 버질의 모든 가치관을 송두리째 뒤흔들어놓는다. 과연 예술을 판단할 수 있을까? 그는 그동안 무얼 판단해온 걸까?

그가 반한 최고의 예술 작품들에는 인간의 삶이 먼저 있었다. 예술가들의 뜨거운 감정이 먼저 있었다. 버질은 사라진 클레어의 흔적을 쫓아 프라하로 간다. 그녀가 말했던 레스토랑에서 다른 사람들처럼 한 편에 자리를 잡는다. 장갑을 벗은 버질은 음식을 먹고 대화하는 온기어린 사람들의 삶을 비로소 느낀다.

그가 기다리는 건 클레어일까?

그 사람이 누구든, 이제 그는 인간과의 만남을 꿈꾼다.

그녀, 길을 잃다 ——— 영화 〈라폴로니드: 관용의 집〉

L'apollonide: Souvenirs de la maison close, 2011
인류 역사상 가장 고전적인 직업, 매춘에 대하여

왜 고급 매춘부의 이야기는 사랑받는 걸까? 베르디의 오페라 〈라 트라비아타〉는 21세기에도 여전히 사랑받고 있다. '라 트라비아타'는 '길을 어긋난 여성'이란 뜻으로 알렉상드르 뒤마ALEXANDRE DUMAS의 소설 『동백 아가씨LA DAME AUX CAMÉLIAS』가 원작이다. 19세기 프랑스, 공작의 후원을 받고 있는 고급 창부와 막 사교계에 들어선 상류 계급 젊은이와의 이뤄질 수 없는 사랑을 그린다. 청년 뒤마는 고급 창부

마리 뒤 플레시스와의 인연을 바탕으로 이 소설을 썼다. 은밀하고 난잡한 당대 상류층의 도덕을 비판하고, 사회의 틀을 넘어서는 인간 본연의 감정과 계급적 갈등을 담아낸 이 소설은 오늘날에도 끊임없이 변주된다.

영화 〈물랑루즈〉서부터 발레 〈카말리아 레이디〉까지. 그중 영화 〈라폴로니드: 관용의 집〉은 조금 색다르게 접근한다.

'관용의 집'은 19세기 프랑스에 실제 존재했던 매춘굴이다. '꿈꾸는 무엇이든 허용된다'는 이 고급 매춘굴은 일탈을 꿈꾸는 남성들과 그들을 위해 존재하던 여성들의 장소였다. 낮에도 두꺼운 커튼으로 시간의 흐름을 잊게 만드는 붉고 어두운 공간에는 오직 밤의 시간만이 존재한다. 화려한 드레스와 코르셋, 가면과 짙은 화장의 그녀들.

그들은 어떤 여성들일까? 여성의 정치적, 경제적 권리가 없던 19세기 말, 여성에겐 자립할 수 있는 적절한 교육도, 직업적 기회도 없었다. 따라서 결혼은 유일하게 시민으로 인정받는 길이었다. 제대로 된 혼처 자리를 구하지 못한다는 것은 사회적 죽음을 의미했다. 남성에게 선택받을 만큼 지참금이 충분하지 못한 여성들은 일자리를 구하러 나섰다. 가정교사, 하녀, 간호부, 세탁부와 같은 저임

금 직업만이 선택지로 주어진 여성들은 섣불리 임신이라도 하는 날엔 쫓겨나기 일쑤였다. 설령 결혼했어도 과부가 되거나, 남편으로부터 경제적인 지원을 받지 못한 여성들도 불안하긴 마찬가지였다. 이렇듯 생의 막다른 골목에서 가난하고 힘없는 그녀들은 오직 생존을 위해 매춘굴에 모여들었다.

그녀들의 희망은 주류 사회의 경계로 다시 들어서는 것이다. 안정적인 가정을 가지고 다시금 시민이 되는 것. 정식 결혼까지는 아니더라도 '동백 아가씨'처럼 부자의 첩이 되어 기약 없는 이곳에서 탈출하는 것. 그것이 그들의 꿈이었다. 허망한 꿈. 부질없는 줄 알면서도 단골 손님과의 사랑에 실낱같은 희망을 건다.

뭐든 해도 된다는 성적인 관용은 그녀들의 목숨 또한 담보로 한다. '관용의 집'에서 가장 인기 있고 아름답던 유태인 여자는 사랑을 느꼈던 단골 남자에게 입이 찢기고 마음 또한 산산이 찢긴다. 어릿광대가 두텁게 그린 웃음의 분장 뒤로 슬픔을 가리고 있는 것처럼 깊은 절망과 모멸감에 소리 없이 앉아 우는 여자. 그녀의 눈에선 하얀 정액이 눈물이 되어 흐르고 또 흐른다.

내가 '관용의 집'을 본 이유는 19세기 시대물이 주는 복식의 아름다움과 온갖 성애 장면에 대한 호기심 때문이었다. 그녀들이 제

공하는 기술을 배우고, 피학적이고 관음적인 쾌락 또한 기대했음을 고백해야겠다.

불편한 영화했다. 매춘의 허상을 벗겨냄과 동시에, 매력적인 여배우들을 통해 애초의 관능적인 호기심 또한 충분히 만족시켜줬기 때문이다.

베르디와 뒤마는 어떤 마음으로 그들의 작품을 만들었을까? 그들이 보여주고 싶었다는 예술적 가치가, 상업적으로 변질될 가능성은 전혀 생각해보지 않았을까?

또 다른 '동백 아가씨'의 이야기. 우리는 시인 이상과 기생 금홍이, 시인 백석과 기생 자야의 이야기를 기억한다. 가난하고 빛나는 지식인 남성과 기생의 낭만적 만남. 언제든 원할 때 환상적인 사랑을 주고 이별할 때도 부담 없이 헤어질 수 있는 그녀들. 오직 욕망의 이름으로 남는 그녀들은 창작 욕구를 이끌어내는 영감의 원천이었다. 뒤에 숨은 금홍이의 눈물이나 자야의 눈물은 잘 알려지지 않았다. 그녀들을 통해 승화된 남성들의 문학만이 가치로 빛날 뿐이다.

남성들에게 그녀들의 환상은 뭘까?

현실에 대한 강렬한 부정, 타나토스에 유혹당하다

─────── 영화 〈처녀 자살 소동〉

The Virgin Suicides, 1999
아름답게 빛나는 폭력의 결정체

고등학교 수학 선생님 리스본 씨. 그의 아름다운 다섯 딸들은 동네 소년들에겐 신비로운 동경의 대상이다. 그런데 막내 세실리아가 갑자기 자살을 하고, 1년이 채 지나지 않아 다른 자매들도 약속이나 한 듯 모두 자살해버린다.

　멀리서 자매들을 지켜보던 소년들은 큰 충격을 받는다. 시간이 흘러 소년들은 청년이 되고 아저씨가 되지만 기억 속에서 자매들은 영원히 신비한 소녀의 모습 그대로다.

영화 〈처녀 자살 소동〉은 1970년대 미국의 조용하고 보수적인 마을을 배경으로 소년들의 눈을 통해 이 이상한 사건을 그려낸다.

그녀들에겐 도대체 무슨 일이 일어났던 걸까?

막내딸이 돌연 자살해버리자 리스본 부부는 어쩔 줄 모른다. 행여 다른 딸들도 잘못될까 두려운 부부는 딸들에게 잠시도 시선을 떼지 않는다. 언제나 부모의 통제 아래 있게 된 자매들. 겉으로는 평범해 보이는 그녀들은 학교에서도 자기들끼리만 몰려다닌다.

둘째딸 럭스는 빛나고 자유로운 영혼이다. 부모의 통제를 비웃기라도 하듯 비밀리에 남자들을 만난다. 딸들을 안전하게 지킨다고 부모들은 확신했겠지만 럭스의 남자 관계는 복잡하기만 하다.

어느 날 학교에 모두의 사랑을 받는 소년 트립이 등장하면서 평온해 보이던 자매들의 삶은 격랑에 휩싸이게 된다.

모든 여자를 마음만 먹으면 사로잡을 수 있는 트립. 그가 럭스에게 관심을 가진 건 그녀가 자기에게 관심을 보이지 않은 유일한 여자였기 때문이다. 당당한 럭스에게 트립은 매료된다. 졸업 파티에 럭스를 데려가기 위해 트립은 성실한 남자 친구인 척 리스본 부부의 호감을 얻는 번거로운 수고도 마다하지 않는다.

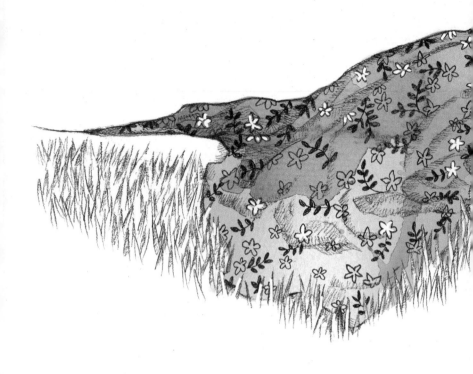

드디어 부모님의 허락을 얻어 가게 된 졸업 파티. 최고의 커플로 뽑힌 트립과 럭스. 앳되지만 누구보다 열정적인 10대의 사랑. 그들은 부모와 약속한 귀가 시간을 어기고 만다. 리스본 부부는 자매들을 집에 가둬버린다. 학교도 갈 수 없게 된 소녀들. 자매들은 죽음을 통해서만 비로소 집이라는 감옥을 벗어날 수 있었다.

문득 학창 시절의 통금 시간이 떠오른다. 대학 시절 밤 9시까

지 귀가해야 했고 그 시간을 어기면 어김없이 벌칙이 따랐다. 반면 남동생은 밤 12시까지 놀거나 다음날 아침에 돌아와도 야단 맞지 않았다. 난 딸이니 당연히 따라야 하는 규칙이라고 부모님은 못 박았다. 당연히 교우 관계도 연애도 편치 않았다. 늘 거짓말을 지어내야 했고 그럴수록 내 마음은 알 수 없는 불만과 분노로 가득했다.

부모님이 그토록 지키려던 건 딸의 무엇이었을까?

리스본 부부의 사랑은 소리 없이 딸들을 죽였다. 막내 세실리아는 왜 자살했을까? 왜라는 질문은 한 가족을 벼랑 끝으로 몰고 갔다. 엄마와 아빠의 슬픔과 분노는 광기로 변해 딸들의 영혼을 좀먹었다.

외부 세계와 차단시키면 다른 아이들은 잃지 않겠지, 라는 생각. 부부는 자신들 때문에 막내가 죽었을 가능성만은 끝내 인정하고 싶지 않았다.

자매들은 외부에 감히 도움을 청하지 못했다. 부모의 사랑은 폭력으로 변한 지 오래지만, 부모의 말을 거역하는 건 그들에게 배신이었고, 너무나 순응적인 그들은 어떻게 부모를 배신해야 할지 몰랐다.

소년들은 멀리서 위기에 빠진 자매들을 지켜봤지만, 그들을 구하기엔 너무 어렸다. 럭스를 사랑했던 트립 또한 마찬가지였다. 그녀를 사랑했지만 여느 10대처럼 그저 하룻밤의 사랑이었다. 그는 사랑의 책임을 알기에는 너무 어렸다. 어린 10대 소년들은 소녀들의 비극적인 고통마저도 감미롭게 소비했을 뿐이다.

예쁜 감옥, 소녀들의 방은 그들이 꿈꾸고 사랑하는 물건들로 가득하다. 소년들은 결코 이해할 수 없는 아름다운 분홍빛의 세상.

소녀들은 꿈을 꾸고 있었다. 언젠가는 집을 벗어나 저 멀리 떠날 꿈을.

몽환적으로 반짝이던 소녀들의 신비는 소리 없는 폭력의 결정체였다.

더럽혀진 아름다움에 대한 복수

———— 앤서니 버지스의 소설 『시계태엽 오렌지』

A Clockwork Orange, 1962
개인의 폭력, 전체의 폭력

10대 소년 알렉스는 문제아다. '코로바 밀크바'라는 비밀스러운 밤의 아지트에서 친구들과 함께 마약 섞인 우유를 한 잔씩 쭉 들이켜고 마음 내키는 대로 비행을 저지른다. 무리의 우두머리인 그는 베토벤의 음악을 사랑하고 섹스를 사랑하고 폭력을 사랑한다. 만만해 보이는 사람들을 괴롭히고 길거리의 술 취한 아저씨를 흠씬 두들겨 패기도 한다.

알렉스의 비행은 점점 대범해져서 평온한 한 중산층 가정집에 침입해 절도와 강간, 살인으로까지 이른다. 결국 알렉스는 소년원으로 보내진다.

정부에서는 '루도비코 요법'이란 프로그램을 제안한다. 실형을 사는 대신 교화 프로그램의 실험 대상이 되면 감형해주겠다는 것. 알렉스는 바로 승낙하지만, 예기치 못한 악몽이 시작된다. 프로그램은 세뇌를 통해 인간의 폭력성을 제어하는 실험이었다. 약물을 주입하고, 억지로 끔찍한 폭력 장면을 보여줌으로써 의지를 바꾸는 실험.

출소하자마자 옛날 버릇이 발동해 폭력을 휘두르려는 알렉스, 그 순간 그는 아무것도 할 수 없는 자신을 발견하고 큰 충격을 받는다. 몸이 의지를 반하게 된 것이다. 알렉스는 교화된 것이 아니었다. 선을 행하는 것이 아니라 악을 행할 수 없게 된 것뿐이었다.

이제 이빨 빠진 호랑이가 된 알렉스에게 세상은 복수를 시작한다. 만만하게 봤던 친구들은 역설적이게도 경찰이 되어 있다. 경찰이 된 그들은 이제 시민 알렉스를 선도의 이름으로 마음껏 때릴 수 있다. 자신이 두들겨 팼던 아저씨 패거리들에게도 호되게 당한다. 설상가상 그가 도망친 곳은 자신이 살인을 저질렀던 바로 그 집이었다.

앤서니 버지스ANTHONY BURGESS의 소설 『시계태엽 오렌지』는 진정한 폭력이 무엇인지 묻는다. 시계태엽이 달려 조종당하기 쉽고, 쥐어짜이기를 기다리는 오렌지처럼 무력한 개인의 삶을 그려낸다.

알렉스는 분명히 용서받을 수 없는 폭력을 저질렀다. 하지만 정의의 이름으로 개인의 의지를 마음대로 조종하려는 정부의 행위는 더욱 큰 폭력이 아닐까? 설령 개인의 의지가 악일지라도 말이다.

알렉스가 가장 참을 수 없는 건 음악에 대한 폭력이었다. 베토벤의 음악은 그에게 아름다운 자유의지였다. 비록 그가 택한 아름다움은 선의 모습은 아니었지만, 그의 본능과 자아를 고스란히 드

러낸다.

그러나 정부의 세뇌로 알렉스는 더 이상 사랑하는 베토벤을 들을 수 없게 된다. 악을 행하고 싶은 본능이 솟구칠 때마다, 베토벤 음악이 들릴 때마다 구역질이 난다. 아름다움의 세계에 온전히 있어야 할 음악은 그렇게 정치적으로 더럽혀진다.

무엇보다 끔찍한 건 알렉스에 의해 가정이 파괴된 작가의 비극이다. 엉뚱하게도 알렉스는 정부의 비호 아래 위기에서 벗어난다. 복수를 하지 못하게 된 작가는 오히려 불온한 사상범으로 몰려 격리된다.

루도비코 요법이 원했던 건 범죄자의 교화가 아니었다. 정부

가 목표로 삼았던 건 바로 깨어 있는 시민의 처단이었다. 악동 알렉스는 그렇게 그를 쥐락펴락하는 정부의 장기 말로 이용되다 자기 생활로 돌아온다. 그러나 어린 시절 치기 어린 그는 더 이상 없다. 이제 막 스물이 되는 그에겐 세상이 다르게 보인다. 그는 결혼도 하고 아이 아빠도 되고 싶고, 세상 물정에 약은, 철든 어른의 삶을 꿈꾼다.

중년이 된 알렉스가 아담하고 고상한 '집'에 살게 된다 한들, 길거리에서 치기 어린 10대들에게 모진 매를 맞게 된다 한들 놀랄 일도 없다.

알렉스의 호된 성인식은 그렇게 끝났다.

잔인한 친절 ——— 루스 렌들의 소설『활자 잔혹극』

A Judgement In Stone, 1977
친절로 포장된 위선에 대한 심판

새로 무언가를 배운다는 건 쉽지 않다. 어릴 적엔 그토록 쉽게 습득되던 언어, 운동, 기계 작동은 나이 들어갈수록 보다 많은 노력이 필요하다. 특히 기계의 경우, 얼리 어댑터족이 아니고서야 새롭게 배운다는 건 여간 피곤하지 않다. 배울 수 있는 인간의 뇌 용량은 무한하다지만 한계는 분명 있을 것이다. 좀 더 정확하게는 마음의 한계일 거다.

한 사람의 인격을 형성하는 것은 살아온 동안 쌓인 지식과 경험이다. 나를 나답게 하는 건 지식과 경험을 아우르고 익숙해지려는 마음이기에, 새롭게 변화시키는 자극을 어느 순간부터는 거부하게 마련이다. 배움과 삶은 떼려야 뗄 수 없는 숙제. 따라서 배우지 못한다는 것은 생존경쟁에서 도태되기 쉽다는 의미이기도 하다.

영국 작가 루스 렌들의 소설 『활자 잔혹극』은 정체성과 지식의 관계를 계급 간의 갈등과 연결 지어 풀어낸 추리극이다.

독신의 중년 여성 유니스에겐 비밀이 있다. 글을 읽고 쓸 줄 모른다는 것 그리고 공갈 협박자이자 살인자란 사실이다. 그녀가 입주 가정부로 취직을 결심한 것은 글을 모르기 때문이었다. 자기만의 세상에서 요령껏 잘 살아온 그녀. 그러나 세상은 기록하고 처리해야 할 일들이 너무나 많았고, 그녀는 그걸 편리하게 대신 해줄 하나의 장치가 필요했다.

중산층인 커버데일 가족에게 성실한 '하녀' 유니스는 반가운 존재다. 특권의식에 가득 차 있고 고급문화와 지식을 향유하는 주인집 가족의 4인. 그들은 꼭 필요한 말만 하고 궂은일도 마다 않는 유니스에게 만족한다. 그러나 완벽한 하녀 유니스에게서 이상한 허점들이 눈에 띄기 시작하고, 유니스가 문맹이라는 사실을 눈치 챈

가족들은 급기야 그녀의 문맹을 고쳐보려 한다. 이는 결국 끔찍한 파국으로 치닫게 만든다.

유니스에게 문맹이란 결코 들키고 싶지 않은 상처였다. 그녀는 문명 사회 속의 불구자였다. 엄마가 일찍 죽은 후 아빠와 단둘이 살아온 유니스는 여자로서의 삶이 무엇인지도 배우지 못했다. 유니스의 아버지는 딸이 난독증이라는 걸 알면서도 제대로 교정하기보다는 감추는 데 급급했다. 너른 세상으로 날아갈 '지식'이란 날개옷을 빼앗은 아버지는 '영원한 아빠의 어린 딸'로서 그녀를 가둬버린다.

아버지의 죽음으로 비로소 자유를 얻지만, 아무런 사회적인 체계를 배우지 못한 채 어른이 된 그녀에게 주어진 삶은 그저 막막함뿐이었다. 한번 잘못 끼워진 단추지만 유니스는 살아남기 위해 본능을 발휘한다. 그리고 세상의 허점을 발견한 그녀는 그 틈을 통해 살아가고자 했다.

커버데일 가족의 잘못은 무엇일까? 그들은 존재 자체가 우월의식으로 가득했다. 그들은 도수 없는 안경을 쓴 채 문맹임을 감추려 한 유니스의 상처를 들춰내고 비웃는다. 때로는 모른 척 넘어가 줄 수 있는 배려, 하얀 거짓말이 필요할 때가 있다. 그녀에게 속아주고 내버려두는 것이야말로, 그들에게 주어진 최선이었던 것이다.

가끔 어디까지가 타인에 대한 친절이고 어디까지가 참견인지 모호해질 때가 있다. 좋은 의도에서 출발했다고 해도 배려 없는 친절은 상대방에게는 모멸일 수 있다. 평생을 풍요롭게 자라온 사람이 곤궁하게 자라온 사람의 처지를 알 수 없는 것처럼 사람과 사람 간의 소통이란 참 어렵다. 오직 인격적인 존중만이 간극을 메울 유일한 가능성인지도 모르겠다.

낯설고 매력적이고 천박한 신세계 속 외로운 이방인

——— 블라디미르 나보코프의 소설 『롤리타』

Lolita, 1955
어린 미국에 정착하고 싶었던 늙은 유럽

한 친구가 말한다. 영화 〈롤리타〉는 제레미 아이언스JEREMY IRONS가 주인공이었기 때문에 용서받을 수 있었던 거라고. 알쏭달쏭한 그의 견해는 여러모로 불편한 이 작품이 매력적인 중년 남자 배우가 연기했기에 그나마 거부감이 덜했다는 뜻이다. 확실히 『롤리타』는 논란을 일으킬 여지가 다분하다. 중년 남성과 10대 소녀의 사랑, 그것도 의붓아버지와 의붓딸의 관계. 패륜과 금기를 넘어 작가 블라디미르 나보코프^{Vladimir Nabokov}가 하고 싶은 이야기는 과연 무엇일까?

　유럽 출신인 험버트는 전쟁을 피해 미국으로 온 이민자로 현재 교수로 일하고 있다. 독신 이혼남인 그는 차분하고 우아한 매력을 지녔지만, 어쩐지 여성에게 관심을 보이지 않는다. 그의 마음속은 온통 한 소녀로 가득 차 있다. 어린 시절, 일찍 죽은 에너벨은 험버트의 마음속에 강렬한 기억으로 영원히 남아 있다. 그는 에너벨의 분신 같은 어린 소녀들에게만 남몰래 연정을 품는다.

　하숙집 주인 샬럿은 딸과 둘이 사는 미망인이다. 은근히 험버트를 흠모하는 샬럿. 그러나 험버트의 관심은 온통 그녀의 딸 롤리타뿐이다. 열두 살짜리 롤리타와 함께 살기 위해 험버트는 샬럿과 마음에도 없는 결혼을 감행한다.

　샬럿은 어느 날 험버트의 일기를 통해 충격적인 진실을 알게 되고 뛰쳐나가다 그만 교통사고로 사망하고 만다. 험버트는 이 사건을 통해 그동안 꿈꿔온 롤리타와의 사랑 여행을 실행에 옮긴다. 그리고 예측하지 못한 파국이 연이어 그들을 찾아온다.

　험버트는 여러모로 불편한 남자다. 신사답고 해사한 얼굴 뒤로 변질자에 사기꾼이란 얼굴이 숨어 있다. 그럼에도 나는 그의 행보가 애잔하다. 이뤄지지 못한 어린 시절의 꿈을 간직한다는 건 좋은 걸까? 과거에 대한 미련이나 미래에 대한 불안 대신 현재에 집중하고 충실한 삶이 가장 건강하다고들 말한다.

정답은 없다. 누군가에겐 무병장수가 인생의 목표일 테지만 누군가에겐 불꽃같은 삶이 최선일 테니까.

험버트는 이루지 못한 꿈속에 산다. 젊은 시절 전쟁으로 피난과 망명을 거듭했던 그는 미국에서 겨우 안정을 찾는다. 간신히 평화를 찾았지만 어쩐지 익숙해지지 않는 미국. 낯설고 매력적이지만 천박한 신세계가 그는 당혹스럽다. 험버트는 평화롭게 엄마 아빠 곁에서 보낸 유년 시절만큼은 잊고 싶지 않았다. 소녀 에너벨과의 사랑은 소년 험버트가 머물고 싶은 행복했던 시절의 유럽이다. 홀로 살아남아 낯선 곳에서 눈을 뜬 소년은 이젠 너무나 늙어버렸다.

롤리타에 대한 그의 애정은 신세계에 적응해 살고 싶은 무의식적인 의지는 아니었을까? 유구하고 진중한 유럽 문화가 험버트를 키웠다면, 가볍고 활기찬 미국 문화는 롤리타를 키웠다. 험버트의 꿈은 낡은 유럽에 호기심을 지닌 어린 미국에게 도발당하고 현실로 이뤄진다. 그러나 처음부터 어긋났던 관계는 파멸을 부르고, 결국 그는 롤리타에게 버림받는다. 정착하고 싶었지만 그는 영원히 이방인일 따름이었다.

그가 정말 사랑했던 사람은 누굴까? 에너벨일까? 롤리타일까? 사랑스러운 얼굴들은 흐릿하게 과거와 현재의 경계 속에 머물 뿐 아무도 외로운 한 남자의 손을 잡아주진 못했다.

더 이상 꿈꿀 수 없는 사람들 ——— 영화 〈구모〉

Gummo, 1997
비정상적 세상에서 비정상적으로 산다는 것

태풍이 한 마을을 휩쓸고 지나갔다. 높다란 나무 위로는 죽은 개가 걸쳐져 있다. 내 집에서는 아빠가, 이웃집에서는 아이가 죽었다. 어쩔 수 없는 자연의 위력 앞에 거짓말처럼 살아남은 사람들은 겉보기엔 아무 일도 없었던 것처럼 묵묵히 삶을 이어나간다.

하모니 코린HARMONY KORINE의 영화 〈구모〉는 지독한 현실 속에서 미래를 꿈꿀 수 없는 사람들을 보여준다.

제목 〈구모〉는 구모 마르크스라는 사람에게서 따왔다고 전한다. 20세기 초 미국 연예계에 명성을 날린 마르크스 형제들. 그중 구모는 어른이 되어 유일하게 연예계로 진출하지 않았다.

감독은 왜 구모라고 이름 지은 걸까?

자전거를 탄 두 소년은 자루 가득 무언가를 팔러 간다. 고양이를 소탕해주면 몰래 돈을 주는 가게 어른에게 고양이 시체를 팔러 간 것이다. 용돈이 궁한 아이들은 장난감 총으로 고양이를 사냥한다. 가난하고 평범했던 마을은 태풍 때문에 온통 쓰레기장처럼 변하고 상흔은 모든 이들을 할퀴고 지나갔다. 아이들은 어쩔 줄 모른다. 어쩔 줄 모르는 건 어른들도 마찬가지다. 어른들은 만만한 아이들을 학대하고, 아이들은 만만한 고양이들을 학대한다. 고통스러운 현실 속에 아이들을 지켜주고 보듬어줘야 할 어른들은 좀처럼 찾기 힘들다.

기계에 연명해 산송장처럼 누워 있는 할머니, 소녀들을 속여 강간하려는 할아버지, 남편을 잃은 고통을 아들 솔로몬을 괴롭히며 푸는 엄마, 장애인인 가족을 매춘에 이용하는 남자. 다운증후군인 캐시디는 가족에 의해 매춘을 한다. 따뜻하고 다정한 캐시디, 비록 돈으로 사는 시간이지만 소년 솔로몬은 그녀에게 따뜻한 엄마를 느

낀다.

동화 『오즈의 마법사』속 도로시가 태풍 소용돌이를 통해 환상의 세계 오즈로 날아갔듯이, 아이들은 비닐봉지 속 본드를 흡입하며 오즈를 꿈꾼다. 아이들은 좋은 거라곤 없는 참담한 현실 속에서 버티고자 안간힘을 쓴다. 마치 한 마리의 고양이처럼, 예뻐하건 괴롭히건 그냥 당하고만 있어야 하는 자신들의 처지가 끔찍하다.

당하지 않아도 될 만큼 자라면 뭔가 달라지겠지. 그런데 어쩐지 어른이 되어도 크게 달라지지 않을 것만 같아 두렵다.

그럼에도 희망을 찾아보려는 누군가는 사랑을 꿈꾸고 예술을 꿈꾼다. 고양이를 사랑하는 자매들은 평범하게 좋아하는 소년 이야기로 열을 올린다.

토끼 모자를 쓴 소년은 공중 화장실에 앉아 아무 말 없이 아코디언을 연주한다. 들어주는 사람 하나 없는 아름다운 연주는 배설되듯 공허하게 울릴 뿐이다.

비가 내리고, 로이 오비슨^{ROY ORBISON}의 노래 〈크라잉^{CRYING}〉처럼 하늘은 다시 울고 있다. 살아남은 사람들의 마음도 다시 울고 있다. 누군가는 위로와 사랑으로 서로를 보듬고, 누군가는 벌어진 상처를 어쩔 줄 몰라 다른 누군가를 괴롭힌다. 고양이를 사랑하는 두 자매는 토끼 소년과 빗속에서 수영을 하며 서로 입맞춤을 나눈다. 남편을 잃은 부인은 변함없이 아들을 학대하고, 학대당한 아이는 빗속에서 고양이를 때려죽인다.

　마음을 다친 아이들은 다시 꿈을 꿈 수 있을까? 다른 형제들이 부와 명예로 명성을 휘날릴 때, 혼자 평범한 인생을 산 구모는 어떤 마음이었을까?

아름다운 악의 복수 ─── 영화 〈갈증〉

渇き, 2014
어두운 가나코의 세계로의 초대

전직 형사인 후시지마는 막노동을 하며 혼자 근근이 살아간다. 이혼한 아내의 갑작스런 연락에 혹시나 재결합을 요구하나 기대해보지만 엉뚱한 소식만 날아든다. 열일곱 살인 딸 가나코가 실종되었다는 것이다. 후시지마는 경찰과는 별도로 수사를 벌이지만 딸의 실종 사건은 예기치 않은 큰 범죄 사건과 연결이 된다. 그리고 그는 충격적 진실과 마주한다. 집에선 착하고 순수한 모범생으로 알았던 딸, 그러나 가나코는 천사의 얼굴을 한 악마였다.

나카시마 테츠야中島哲也 감독의 영화 〈갈증〉은 대물림되는 폭력에 대해 이야기한다. 그리고 돌이킬 수 없는 과거에 대한 뒤늦은 후회와 반성을 그려낸다.

아름답고 매력적인 가나코는 교내 폭력 조직의 리더 격인 존재였다. 교묘하게 사람들의 마음을 조종하는 가나코. 그녀는 왕따를 조장하고 아이들의 몸과 마음을 파괴한다. 마약과 매춘, 심지어는 살인이 연결된 어둠의 세계로 아이들을 이끈다. 아이들의 세계를 지배하는 가나코는 어른들의 세계로까지 침범하고 사건은 걷잡을 수 없이 커진다. 가나코는 선과 악을 넘어 모든 규칙에서 일체 자유롭다. 그것은 원래부터 현실에서 살기를 포기했다는 의미이기도 하다. 그런 가나코에게 사람들은 매료된다. 그리고 그녀는 그 사람들을 망가뜨린다.

달콤한 목소리로 상대방을 유혹하고 기대감을 박살내는 반복된 행위는 결국 가나코가 집에서 배운 것이었다. 가나코의 경험은 고통받은 자신을 도와주지 않았던 비정한 세상에 그 고통을 고스란히 돌려주려는 원망으로 극대화된다.

아버지 후시지마야말로 천사의 얼굴을 한 악마였다. 그는 사회

에서는 정의를 구현하는 형사이지만 집에서는 극단적인 폭력을 휘두르는 범죄자였다. 그 범죄는 폭력에 무너진 아내와 딸의 침묵 아래 은폐되었던 것이다.

후시지마는 점점 인과응보를 느낀다. 자신을 닮은 딸을 통해 자신이 얼마나 괴물인지를 느낀다. 가나코에게 당한 사람들의 불행을 볼수록, 그동안 몰랐던 자신의 잘못을 깨닫게 된다. 그리고 그동안 원망만 했던 아내, 자신을 버린 아내와 딸의 고통을 비로소 절감한다.

불쌍한 딸은 어디로 간 걸까? 한여름의 식혀지지 않는 갈증처럼, 해결의 실마리는 보이지 않는다. 리셋 버튼을 누르기엔 너무 늦어버렸고 남은 건 뼈저린 후회와 고통뿐이다.

아버지는 마침내 딸의 실종 사건을 해결한다. 가나코는 담임 선생님에게 살해되어 눈밭에 묻힌 것이다. 가나코가 매춘업으로 그녀의 딸을 이끌었기 때문이다. 그러나 그것은 선생님에 대한 가나코의 복수였다. 그녀는 겉으로는 다정하고 좋은 교사인 척했지만, 정작 왕따당하고 고통받는 학생들을 알면서도 모른 척했다.

가나코가 보여주고 싶어 한 건 뭘까?

교사답지 않은 교사, 형사답지 않은 형사, 어른답지 않은 어른.

가나코의 복수는 사회를 선도하고 모범을 보여야 하는 기성세대에 대한 일갈이었다. 딸이 만들어낸 참혹한 세계는 바로 아버지에 대한 고발이었다.

기다림의 의미, 희망이거나 고통이거나

───── 영화 〈스토커〉

Stoker, 2012
열여덟 살 소녀의 핏빛 성장 스토리

막연히 누군가 날 찾아와주길 기다린 적이 있다. 무미건조한 삶 속에서 도무지 출구를 모르는 나날들, 그 권태로움에서 새로운 방향으로 날 움직이게 만들어줄 누군가.

박찬욱 감독의 영화 〈스토커〉는 기다림의 실체를 확인하는 소녀의 이야기다. 소녀 인디아 스토커는 열여덟 살 생일에 아빠를 갑작스런 사고로 잃는다. 망연자실하는 엄마 이블린과 인디아 앞에

존재조차도 몰랐던 삼촌 찰리가 나타난다.

매력적이고 어쩐지 비밀스러운 찰리. 찰리는 흡혈귀를 닮았다. 이 매력적인 정체불명의 불청객은 정체된 평화로움에 기묘한 활기를 불러일으킨다. 이블린은 그에게 호감을 느끼며 반갑게 맞이한다. 인디아는 처음에는 그를 경계했지만 조금씩 빠져들기 시작한다. 그런데 찰리가 나타나고서부터 스토커가 주변 사람이 하나둘 사라지는 이상한 사건들이 발생하기 시작한다.

피아노는 말로는 전달할 수 없는 본질을 전한다. 직접 연주하는 음악은 감히 드러낼 수 없는 세계를 상대방에게 전하는 통로가 된다. 찰리와 인디아는 듀엣으로 〈연탄〉곡을 연주하며 비로소 깊게 공명하고, 소녀는 조금씩 자신의 세계가 부서지는 걸 느낀다.

생일마다 알 수 없는 누군가로부터 받아온 구두 선물. 그녀가 열여덟 살에 받은 생일 선물 상자 속에는 구두 대신 열쇠가 들어 있다. 찰리를 만난 후, 영리한 소녀는 수수께끼의 선물과 만남이 무얼 의미하는지 바로 눈치 채지만, 어쩐지 그 사실을 인정하고 싶지 않다.

엄마 이블린에게도 찰리는 기다리던 누군가의 존재다. 안정적이지만 단조로운 일상. 그녀는 남편과 함께 죽어버린 활력을 아름다운 찰리로부터 기대하게 된다. 그러나 찰리와 공명할 수 없는 거리감을 느낀다. 진정한 공명의 대상이 자신이 아닌 딸 인디아라는 것을 깨달은 순간 그녀의 삶은 지옥이 된다.

엄마 이블린은 말한다.

"자식을 낳는 이유는 새롭게 시작하기 위해서야. 어긋난 지점을 바로잡기 위해서지."

여자 이블린은 말한다.

"딸아, 너의 삶이 산산조각으로 부서지길 원해."

찰리는 기다려왔다. 고립된 자신만의 세계에서 오로지 피아노와 책에 둘러싸여 긴 세월을 견뎌온 찰리. 이블린 못지않게 찰리도 새로운 시작을 갈구한다. 바로 그것을 위해 그는 만남을 기다려왔고, 기다릴 수 있었다.

자식은 서서히 부모를 희생시킨다. 그래야만 어른으로 자랄 수 있다. 어른이 된 자식은 새로운 부모가 되고, 희망을 걸고서 자식을 낳고 그 자식에게 희생당한다. 자신이 그러했듯이. 운명의 이 고리는 무한히 반복된다. 각자의 바람은 그저 희망일 뿐, 결코 소통되지는 않는다.

고상하고 정성스럽게 조각된 나무 피아노. 그랜드피아노는 시미치 뚝 떼고 세 사람의 모든 비밀을 들려준다.

관능, 유혹, 질투 그리고 섹스와 살인.

가만히 혹은 격렬하게.

당신을 위한 꽃 한 송이 ─── 영화 〈디스트릭트 9〉

District 9, 2009
인간은 원래 잔인하다!

〈디스트릭트 9〉은 좀 이상한 외계인 영화였다.

보통 외계인이 등장하는 SF영화는 크게 두 부류다. 위협적인 외계인들과 그들에 대항하는 정의로운 지구인들 사이의 결투. 또는 인류의 기원, 그 비밀에 해답을 줄 선지자로서의 외계인과 지구인의 만남이 그것이다. 지향점은 다르지만 두 영화 다 외계인은 지구인에게 쉽게 공격당할 만큼 만만한 존재는 아니라고 그린다.

그런데 〈디스트릭트 9〉의 외계인들은 어떤가? 월등히 앞선 선진 문물을 지녔음에도 불구하고, 사악하고 폭력적인 지구인들에게 갖은 수난을 당한다. 그들이 정의롭고 평화롭다는 이유 때문이다.

남아프리카공화국 상공에 불시착한 외계인들은 애초 우주선을 고치면 다시 우주로 돌아갈 계획이었다. 우주선 보수가 예상 외로 길어지면서 외계인들은 요하네스버그 인근 지역 외계인 수용 구역 '디스트릭트 9'에 임시 수용된다. 28년의 세월이 지나는 동안 지구인들의 대접은 달라지고 어느덧 외계인들은 천덕꾸러기 신세로 전락한다. 급기야 외계인 관리국은 디스트릭트 9을 무법 지대로 선포하고 강제 철거를 결정하는데, 주인공 비커스가 그 책임자로 파견된다.

다른 지구인들처럼 정부로부터 "외계인들은 포악하고 소탕해야 할 사회악"이라고 교육받았던 비커스는 진실을 대면하면서 갈등을 느끼기 시작한다. 그러던 중 실수로 외계인의 피에 감염되어 점점 외계인으로 변해간다. 그리고 정부로부터 쫓기는 신세가 되고 나서야 비로소 외계인의 처지를 절감하게 된다. 외계인 사냥꾼이 외계인들로부터 도움을 받은 후 외계인 레지스탕스가 되어 지구 정부와 싸우게 된 것이다.

만약 비커스가 감염되지 않았다면 어땠을까?

강제 철거 책임자로서 외계인 소탕을 묵묵히 해내거나, 직업을 그만두고 침묵을 지켰을 것 같다. 마음속 양심에 귀 기울이는 노력과 용기는 결코 아무나 쉽게 낼 수 있는 것이 아니기 때문이다.

남아프리카공화국 출신의 감독이 이 영화를 만들었다는 점이 호기심을 자아냈다. 지난한 흑백갈등, 인종차별의 길고 어두운 터널을 지나 최초의 흑인 대통령 만델라의 선출에 이르기까지, 굴곡의 세월을 지나온 남아프리카공화국. 영화 〈디스트릭트 9〉은 실제 존재하는 '디스트릭트 6' 정책을 풍자하는 블랙코미디라고 한다. 영화 속에서 불시착한 외계인들이 지구인들에 의해 제9구역으로 쫓겨나고 탄압당하듯 실제로 1960년대 말에서 1980년대 초까지 남아프리카공화국 정부는 흑인들을 제6구역으로 쫓아내고 억압했다. 이제 남아프리카공화국은 어두운 역사를 거름 삼아 흑백 공존의 진정한 평화를 추구하고 있다. 갈 길은 멀겠지만 흑백 모두의 남아프리카공화국이 앞으로 어떻게 조화롭게 발전할지 자못 기대된다.

이 영화는 내가 가장 재미있게 본 영화 중 한 편이지만 애절한 사랑 영화이기

도 하다. 외계인 피에 감염되어 점점 외계인으로 변해가는 비커스에 대해서는 소문만 무성한 채 생존 여부조차 불투명하다. 결국 그는 실종 처리된다. 영화의 마지막은 비커스의 부인이 돌아오지 않는 그를 기다리고 있다는 이야기를 들려준다. 그녀는 그의 생존을 굳게 믿고 있다. 현관문 밖에 매일 작은 꽃 한 송이가 놓여 있기 때문이다.

쓰레기장마냥 열악한 디스트릭트 9에 숨어 사는 비커스는 쓰레기로 정성스럽게 그녀를 위한 꽃을 만든다. 악취와 고물이 가득한 쓰레기장에서 매일 한 송이 꽃이 피어난다. 아무런 생명도 자라날 수 없을 것 같은 황폐한 땅 어딘가에서 그래도 누군가는 사랑을 꿈꾸고 씨앗을 심고 있다. 외계인 모두의 희망을 담아 아버지와 아들을 태운 우주선이 하늘로 쏘아 올려진 것처럼, 작은 꽃 한 송이는 오늘도 비커스와 부인의 희망을 담은 채 문 앞에 놓여 있다.

나의 우주, 당신의 우주 ——— 영화 〈위플래쉬〉

Whiplash, 2014
천재를 갈망하는 광기의 폭발!

사람마다 자신의 의미를 실현해나가는 우주는 제각각이다. 자신만의 의미, 이른바 영웅성의 실현. 각자 섬기는 신도, 우주도 모두 다르기 때문에, 우리가 모여 사는 이 세계는 이토록 풍요롭고 혼란스럽고 또 고독하다. 영화 〈위플래쉬〉의 주인공 앤드류는 고독하게 반짝이는 하나의 우주를 잘 보여준다.

최고의 드러머가 되길 꿈꾸는 음악대학교 신입생 앤드류. 음악에 대한 사랑으로 무엇이든 할 각오가 되어 있는 그는 우연한 기회에, 재즈 음악계 최고의 실력자이자 제자들을 성공으로 이끈다는 플레처 교수의 밴드에 들어가게 된다. 그러나 기쁨도 잠시, 완벽주의자이자 폭군인 플레처 교수의 무지막지한 교수법은 앤드류를 벼랑 끝으로 몰고 간다. 철저한 경쟁 속에 거듭되는 좌절과 발전은 최고의 음악을 연주하려는 앤드류의 광기를 끌어내기에 이른다.

"꼭 저렇게까지 해야 하나?"

같이 영화를 본 친구는 상상을 초월하는 음악 교육 방식이 내

심 못마땅한 눈치였다. 그도 그럴 것이 일반인인 우리의 귀에는 '더블 타임 스윙'의 예리한 박자 차이가 거기에서 거기였기 때문이다. 완벽한 소리를 요구하는 플레처 교수나 목숨 걸고 매달리는 학생 앤드류나 이해할 수 없기는 마찬가지.

플레처는 말한다. 지금의 재즈 음악은 스타벅스 매장에서 커피 한 잔에 끼워 파는 부록이 되었노라고. 그게 재즈의 현주소니 사양 길로 접어드는 건 너무 당연하다는 쓴소리.

그렇다. 원래 재즈는 무대 위에서 연주자와 청중의 영혼이 소

통하게 하는 음악이다. 누군가는 그 보잘것없는 커피 부록 속에 자신의 영혼을 담아 생을 불태운다.

당연하게 듣는 음악. 당연하게 취하는 식사, 공간, 그림, 책. 어디에도 보이지 않는 누군가의 치열한 피와 땀은 깃들어 있다. 누군가의 우주들. 실은 너무나 당연하지 않은 것들이다.

아무도 나의 우주를 나만큼은 신경 쓰지 않는다는 걸 깨닫는 순간, 자신의 우주가 초라해지고 이 우주에 충성하는 내가 한스럽고 의심스러워진다. 그건 비단 재즈 음악가만의 문제는 아닐 것이다. 플레처는 그걸 알면서도 기꺼이 지옥으로 빠질 수 있을 만큼 자신의 우주를 사랑하는 '진짜배기'를 기다리고 원했던 게 아닐까? 그 만남의 과정을 지켜보는 것만으로도, 가슴 벅차고 기뻤다.

가장 인상적이었던 장면. 플레처의 복수로 연주를 망쳐버린 앤드류가 주어진 연주를 마치기 위해 무대로 다시 돌아온 장면이었다.

재즈는 악보에 적힌 죽은 것이 아닌, 살아 숨 쉬는 무대 위의 것임을 비로소 알 것 같았다. 설령 비난을 받는다 해도 청중을 위해 혼을 담아 필사적으로 끝까지 무대를 지키는 것. 플레처가 말하는 재즈란 이런 것이겠지?

불온하고 발칙하고 착하지 않은 그녀의 꿈

──── 영화 〈어느 하녀의 일기〉

The Diary Of A Chambermaid, 2015
하녀는 하녀일 뿐이다!

화려하고 세련된 파리지엔, 그녀는 빛난다. 제목이 아니었다면 나는 주인공 셀레스틴의 직업이 하녀라고는 짐작조차 못했을 것이다. 고용한 여주인과 함께 있어도 누가 하녀이고 누가 주인인지 잘 모를 정도였으니. 개인으로서의 품격은 계급으로 가릴 수 있는 게 아니구나, 라는 새삼스러운 깨달음. 화사한 드레스와 세련된 모자와 장갑을 벗고, 검은 하녀 유니폼으로 갈아입은 후에야 그녀는 비로

소 좀 하녀답다. 그럼에도 불구하고 셀레스틴의 존재감은 낡은 검정 드레스로도 가리지 못한다. 사람들은 그녀가 "불온하다, 발칙하다, 착하지 않다."고 말한다. 착하다는 건 도대체 뭘까? 프랑스의 근대 여성 셀레스틴은 오늘날 직장 여성과 참 비슷하다. 면접을 보고, 자신의 삶을 영위할 봉급을 위해 사회로 뛰어든 사회 초년생. 성실하게 주어진 일을 해내는 착한 하녀 셀레스틴. 그러나 어느 직장에서도 하녀의 일만을 요구하는 곳은 없다. 예쁜 옷을 입고 사랑을 꿈꾸는 평범한 20대 여성이지만 주변의 남자 고용주들은 그녀를 오직 성적인 대상으로만 바라보고, 여자 고용주들은 무리하고 기묘한 주문으로 착취하기 일쑤다. 어머니가 죽어 오열하는 셀레스틴에게 안 되긴 했지만 일은 차질 없이 해내라는 여주인의 몰상식은 그녀를 물건으로 보는 부르주아의 천박함을 여지없이 드러낸다.

그녀는 지치고 천천히 망가진다.

희망은 없을까?

문을 두드려도 열리지 않는 사회. 셀레스틴은 어차피 노력한 만큼 돌아오지 않는 야박한 세상이라면 범죄일지라도 내 것을 챙기기로 마음먹는다. 남의 하녀가 아닌, 자신만의 이름을 건 삶을 택한다. 그러나 이 또한 결코 믿을 수 없는 위험한 남자에게 종속될

때에만 가능하다. 가진 것 없이 태어난 여자 셀레스틴의 현실은 그런 사회가 배경이기에. 그 선택은 셀레스틴 자신의 이름을 건 최선의 도박이 된다.

셀레스틴이 정말 원했던 삶은 무엇일까? 착실히 일한 만큼 경제적으로 보상받고, 존중받는 연애를 하고, 평범한 아내로서의 삶을 사는 것 그리고 한 남자와 아이들과 늙어가는 것. 어쩌면 바다 너머로 자유로운 여행을 떠나고 싶었을지도 모르겠다. 어떻게 보면 참 평범하지만 그 평범한 삶이 너무나 어렵고 요원해 보는 내내 슬퍼졌다.

지금 네가 걷고 있는 그 길 ——— 영화 〈아이다호〉

My Own Private Idaho, 1991
사랑에 굶주린 청춘들의 슬픈 초상

길고 너른 지평선, 끝없이 펼쳐진 도로를 따라 한 소년이 걷고 있다. 구름은 파란 하늘의 품으로 경이롭게 너울거리고 소년은 그만 아득해진다. 보고 싶은 엄마의 얼굴도 형의 얼굴도 살던 집도 정신을 놓은 그에게로 쏟아진다. 고단한 현실도 함께 잠든다.

거리의 소년 마이크. 그에겐 특이한 병이 있다. 기면발작증, 긴장하게 되면 갑자기 잠이 쏟아져버리는 것이다.

영화 〈아이다호〉는 구스 반 센트 ^{GUS VAN SANT} 감독의 로드 무비로 불우한 청소년들의 삶을 통해 인생의 향방에 대해 질문한다.

갑자기 고아가 된 마이크는 고향인 아이다호를 떠나와 도시 포틀랜드의 사창가에서 몸을 팔며 근근이 살아간다. 변변한 기술도 교육도 받지 못한 마이크. 기댈 친척 하나 없는 가난한 소년의 삶은 비참하다. 겨우 끼니를 때워야 하고 추운 길바닥이 아닌 따뜻한 실내에서 자고 싶어 몸을 파는 생활의 연속이다. 아무도 그에게 집을 주진 않는다.

마이크는 처지가 비슷한 또래 남자 애들과 무리를 지어 의지하며 산다. 스콧은 기면발작증의 마이크가 애처로워 그를 돌봐준다. 두 사람은 친구도 연인도 아닌 묘한 동질감으로 연결되어 있다.

스콧은 다른 소년들과는 사정이 다르다. 포틀랜드 시장의 아들인 그는 유복한 가정환경에도 아버지와의 갈등으로 가출했다. 아버지를 사랑하지만 엄격한 아버지는 스콧을 짓누르고 반항심을 불러일으킨다. 그러던 중 밥 아저씨가 돌아온다.

사창가의 소년들은 밥을 대부라 여기고 따른다. 스콧 또한 밥을 아버지라 부르며 의지했었다. 법적 성인이 되는 날 아버지의 유산을 받게 되는 스콧. 밥은 스콧이 재산을 상속받으면 사창가의 동료들을 위해 돈을 써주리라 은근히 기대한다.

마이크는 따뜻했던 엄마가 그립다. 엄마와 함께 TV도 있는 버젓한 집에서 개를 키우며 산다면 얼마나 좋을까. 호텔에서 일하고 있는 엄마가 보낸 엽서를 보면서 마이크는 엄마를 찾기로 결심한다.

스콧은 그런 마이크가 가여워 기꺼이 동행해준다. 아이다호로 돌아온 마이크는 헤어졌던 이복 형과 만나고, 형제는 그동안 숨겨졌던 가족의 슬픈 진실과 마주한다. 마이크는 로마로 엄마를 찾으러 가지만 엄마가 다시 미국으로 떠났다는 소식에는 망연자실한다.

스콧은 로마에서 만난 소녀 카밀라와 사랑에 빠진다. 혼자 쓸쓸히 돌아온 마이크. 스콧은 카밀라와 결혼하고 아버지의 유산을 물려받는다.

집으로 돌아간 스콧은 자신의 삶에 순응한다. 밥은 자신을 외면하는 스콧에게 큰 충격을 받고 그만 자살하고 만다. 스콧의 아버지 장례식 날은 밥의 장례식 날이기도 하다.

화려하고 장중한 장례식에 비해 너무나 초라한 장례식. 마이크는 분노와 슬픔이 가득한 눈으로 스콧을 응시하고, 스콧 또한 그런 마이크에게서 시선을 떼지 않는다.

막 어른이 된 두 소년의 방황은 다르게 귀결된다. 마이크가 어

쩔 수 없이 거리로 내몰렸다면, 스콧에게 거리 생활은 치기 어린 투정이었다. 돌아갈 집이 없는 소년과 집으로 돌아가고 싶지 않았던 소년.

처음부터 둘의 이별은 예정되어 있었다. 스콧은 출세와 명예욕을 택한다. 방황의 시간 동안 소년은 그토록 경멸했던 아버지의 길을 비로소 이해하고 자신도 아버지와 같은 길을 걷기로 결심한다.

그러나 마이크에겐 사람 사이의 유대감, 따뜻한 정과 사랑이 무엇보다 소중했다.

어른이 된 마이크는 혼자 걷고 있다. 사랑했던 스콧도 엄마도 형도 그의 곁엔 없다. 오직 끝없이 이어진 길만이 변함없이 그를 맞아준다. 평화롭고 아찔한 풍경에 다시금 아득해지는 마이크, 깨어나면 그는 어떤 길을 걷게 될까?

지금 우리가 걷고 있는 길은 어떤 길일까?

무엇을 위해 싸우는가

———— 영화 〈킹스맨: 시크릿 에이전트〉

Kingsman: The Secret Service, 2015
세상에서 가장 우아한 스파이의 탄생

스파이가 지켜야 할 최고의 가치는 뭘까? 조직의 명령일까? 동료 간의 끈끈한 유대일까?

킹스맨, 비밀요원 선발 최종 시험을 앞두고 에그시는 혼란에 빠진다. 마지막 시험은 그동안 정든 강아지 JB를 총으로 쏘라는 명령이었기 때문이다.

〈킹스맨〉, 왕의 남자! 이 영국 영화는 심각하고 묵직한 다른 스

파이 영화와는 달리 발랄하고 산뜻하다. 구세대 선배 요원 해리(콜린 퍼스)는 신세대 에그시(테런 에거튼)에게 명예와 품위를 가르친다. 아버지처럼, 선배처럼.

옛날 같지는 않지만, 영국은 여전히 귀족이 있고 왕이 있는 엄연한 계급사회다. 태양이 지지 않는 대영제국의 흔적은 '영국' 하면 연상되는 신사다움과 연결된다. 이는 자연스레 기사도, 명예로 이어진다. 그리고 그것은 이제는 잊혀가는 신사의 품위를 소환한다.

제2차 세계대전부터 냉전이 이어지기까지 각국 정보요원들의 활약상은 눈부셨다. 이언 플레밍의 소설을 영화화한 〈007〉 시리즈와 같은 영화의 인기는 '철의 장막'으로 일컬어지는 소련을 비롯한 공산주의나 사회주의 세계가 비밀스럽게 가려져 있었기에 가능했다. 이른바 이데올로기 사이의 첨예한 대립은 각종 스파이 영화에서 화려하게 부활했다. 그러나 냉전이 끝나고, 더 이상 명분을 두고 싸울 그럴듯한 대상이 사라진 지금, 영화 속 스파이는 과연 무얼 위해 싸워야 할까?

최고의 스파이가 되기 위해서는 조직을 위한 의리와 유대감 그리고 완벽하게 명령을 수행하는 복종심이 필요하다. 이는 설령 자신이 사랑하는 가족, 연인이라도 필요하다면 저버릴 수 있어야 한다는 의미도 된다.

에그시는 혼란에 빠진다. '조직과 왕이 그만큼 의미 있는 존재일까?' 결국 그는 최종 요원으로 선발되는 데 실패한다. 명예도 멋진 새 출발도 좋지만, 사랑하는 강아지를 죽일 만큼은 아니었다.

사소하고 어리석은지도 모른다. 그러나 촌스럽고 따뜻한 유대감은 노동자 계급인 에그시만의 장점. 귀족 계급 선배들이 조직을 위해 당연하게 여긴 명예심은, 새로운 세대에서는 개인적인 영웅성으로 탈바꿈한다. 왕에 대한 충성은 이미 한물간 공허한 명분. 차라리 기사도의 이름으로 최고의 여자와 데이트할 수 있다는 명분이 더 그럴싸한지도 모르겠다.

새로운 킹스맨의 스파이 활동은 마치 게임 같다. 악당을 죽이고 게임을 클리어한 후 갇혀 있는 공주를 구하러 가는 에그시. 어쩐지 심각하게 왕을 섬기지도 조직에 충성하지도 않을 것 같다. 그게 그렇게 중요할까?

어쨌든 보통 사람 에그시는 세계를 구했다.

사춘기, 처음으로 나를 꿈꾸는 시간

——— 영화 〈귀여운 반항아〉

L'effrontee, 1985
특별할 것 없는, 평범한 일상의 소중함

시골에 사는 샤를로트는 열세 살, 요즘 부쩍 짜증이 늘었다. 딱히 친한 친구 하나 없고 여름 방학이지만 신나는 계획도 없다. 집, 가족이 갑자기 낯설게 느껴지고 모든 게 시시해진다. 자기를 잘 따르는 옆집 꼬마 루루를 챙겨주는 것도 귀찮기만 하다. 냄새가 난다는 둥, 촌스럽다는 둥 만만한 루루에게 신경질을 부린다. 유일한 즐거움은 신나는 팝을 들으며, 이것저것 엄마의 옷가지로 멋 부리기.

그런 샤를로트에게 '사건'이 생긴다. 유명한 천재 소녀 피아니스트 클라라가 그 마을에 온 것이다. 아빠 심부름으로 피아노 의자를 전하러 간 샤를로트는 상냥하고 우아한 클라라에게 첫눈에 반한다. 지극히 평범한 소녀와 평범한 일상을 모르는 소녀는 곧 친구가 된다. 클라라는 샤를로트에게 해외 공연에 매니저로 함께 가달라는 깜짝 제안을 한다!

사춘기는 참 묘한 시기다. 어린이에서 어른으로 가는 첫 길목. 어린이였을 때는 못 느끼던 많은 것들이 새로운 의미로 다가온다. 근사해 보이던 엄마 아빠가 평범해 보이고, 그토록 신나던 놀이터에서의 장난도 유치하다. 문을 걸어 잠글 자기만의 방이 필요해진다.

프랑스 영화 〈귀여운 반항아〉는 우정의 삼각관계를 통해 평범한 일상의 소중함을 그려낸다.

루루는 샤를로트를 쫓고 샤를로트는 클라라를 쫓는다. 루루에게 샤를로트는 우상과도 같은 존재다. 자기가 모르는 많은 걸 아는 샤를로트가 좋다. 몸이 약해 늘 병원 신세인 외로운 루루. 무엇보다 샤를로트는 그런 루루를 돌봐주는 착한 언니다.

하지만 샤를로트도 같은 감정일까? 루루를 좋아하지만 썩 달갑지만은 않다. 오죽 놀 친구가 없으면 몇 살이나 어린 꼬맹이랑 어울릴까? 그런 자신이 내심 한심하다. 반면에 클라라는 샤를로트에게 동경과 열등감을 동시에 불러일으킨다. 같은 또래인데도 벌써 사회적인 부와 명성을 얻은 클라라. 게다가 태도는 또 얼마나 어른스럽고 우아한가.

샤를로트는 자신이 너무나 초라하게 느껴진다. 하지만 클라라의 곁에 있으면 어쩐지 자신의 삶도 덩달아 빛날 것만 같다. 루루는 그런 샤를로트에게 화가 난다. 그리고 클라라가 밉다. 자기가 보기엔 충분히 멋진데도, 클라라에게 잘 보이려 전전긍긍하는 샤를로트가 도통 이해가 되지 않는다.

샤를로트의 꿈은 깨진다. 루루의 방해로 연주회는 엉망이 되고, 화가 난 클라라는 샤를로트를 차갑게 외면해버린다. 샤를로트는 깊은 마음의 상처를 입는다. 함께 외국에 가자던 클라라의 말은 진심이었을까? 분명한 건 클라라는 샤를로트의 변명을 들어줄 마음은 없었다는 사실. 무더운 한여름의 소나기처럼 그렇게 클라라는 떠난다.

평범한 일상의 나날들이 다시 이어진다.

진심을 다한 루루의 사과에 샤를로트도 다시 마음의 문을 연다. 이전엔 몰랐던 한결같은 루루의 다정함도 다시 보인다. 비가 온

뒤에 마른 땅이 단단해지듯 두 소녀는 어쩐지 예전보다 돈독해진
서로의 우정을 그리고 한 뼘씩 더 자란 스스로를 확인한다.

나를 속이고 세상을 속이고 —— 영화 〈프랭크〉

Frank, 2013
가면 속 진실을 마주할 자신이 있는가

가면은 말 그대로 가짜 얼굴이다. 가면을 쓴 얼굴 뒤로는 진짜 얼굴이 숨어 있다는 전제가 따른다. 우린 때로 벅찬 사회생활을 버티기 위해, 인간관계를 원활히 하기 위해 가면을 쓴다. 보이지 않는 가면을 쓰고, 나를 속이고 세상을 속인 채 살아간다.

　우리가 속이려는 건 뭘까?

　주인공 프랭크는 이상했다. 모두가 숨기기 마련인 가면을, '나

지금 쓰고 있어요'라고 노골적으로 드러내기 때문이다. 나 너무나 약하다고, 가면 없이는 도저히 살아갈 수 없노라고.

뮤지션을 꿈꾸지만 딱히 재능도 경력도 없는 존은 우연히 프랭크가 이끄는 인디 밴드에 세션으로 참여하면서 그들과 인연을 맺게 된다. 24시간 동안 커다란 가면을 뒤집어쓴 리더 '프랭크', 그 못지않게 괴짜인 그의 밴드 친구들. 존은 밴드와 음악적인 교류를 함께 나누며 새롭게 삶의 활력을 얻는다. 그러나 어쩐지 전위적인 밴드의 음악적 향방이 점점 의심스럽기만 하다. 뭔지 재능은 분명한 것 같은데, 도통 유명해지기는 어려운 밴드? 아니 유명해지길 개의치 않는 밴드?

급기야 존은 몰래 밴드의 앨범 제작 과정을 SNS에 올리고, 프랭크와 밴드 '소론프로프브스'는 갑자기 반짝 스타덤에 오른다. 록 페스티벌에 초대받게 되자 프랭크는 새삼 유명해질 수 있다는 희망에 부푼다. 그러나 세상의 관심은 그들의 음악을 원한 것이 아니었다. 가볍고 얄팍한 사람들의 상술을 눈치 챈 멤버들은 공연을 거부하고, 프랭크는 솔로 가수로라도 기회를 부여잡고 싶어 한다. 결국 무대 위에서 웃음거리가 되어버린 프랭크. 세상으로의 데뷔는 그렇게 실패한다.

모든 뮤지션의 꿈은 자신의 음악을 들려주는 것이다. 자신이 발견한 세상의 아름다움을 음악에 담아 사람들에게 들려주는 것이다. 그러나 현실은 잔혹하다. 세상에 음악을 알리고 자기 이름을 알리는 수는 미미하다. 프랭크가 들려주고 싶은 음악과 세상이 듣고 싶어 하는 음악은 달랐다. 프랭크의 부모님은 말한다. 음악적 재능 때문에 도리어 프랭크의 삶은 불행해졌다고.

프랭크의 밴드 멤버들은 세상과 상관없이 자신들의 음악을 사랑한다. 프랭크와 음악을 함께 나눌 수 있는 소수의 사람임을 자부할 줄 아는 멋진 사람들이다. 프랭크는 뒤늦게 깨닫는다. 자신을, 그의 음악을 있는 그대로 인정해준 밴드 친구들의 고마움을. 그는 드디어 가면을 벗고 맨얼굴로 친구들을 마주한다. 사랑을 담아 진심 어린 감사의 노래를 부른다.

내 삶의 방향과 세상이 돌아가는 삶의 방향이 무척이나 다르다면, 우린 어떻게 해야 할까? 있는 그대로의 나를 인정해주는 한 사람만이라도 만날 수 있다면. 살아볼 만하지 않을까?

무표정하거나 웃어넘기거나

─── 영화 〈우연하게도 최악의 소년〉

偶然にも最悪な少年, 2003
나도 어쩔 수 없는 내 안에 있는 또 다른 나

고교생 히데노리는 늘 히죽히죽 웃는다. 음반 가게에서 물건을 훔치다 들켜도 웃고, 칼에 손이 베여도 웃고, 급우들에게 돈을 뺏기고 얻어맞아도 웃는다. 가봤자 따돌림당하는 학교는 나갈 생각이 없고, 가족들과도 몇 년째 연락을 끊은 그는 빈둥빈둥 거리에서 시간을 죽인다. 히데노리는 우연히 액세서리 노점상에서 마약을 파는 걸 목격한다. 사람들이 마약을 사는 걸 몰래 카메라에 담고, 손님 중에 아는 선생님을 발견하고 협박할 생각에 즐거워진다. 이렇듯 소년이 관찰한 세상은 착한 사람이라곤 찾기 힘든 나쁜 사람투성이다.

무표정한 고교생 유미, 그녀는 강박성 정신장애로 물건을 훔친다. 매사에 의욕이 없는 유미는 세상 모든 게 그저 뻔하고 시시할 뿐이다. 같이 놀던 남자들이 혼자 일방적으로 주절거리면, 묵묵히 듣다가 발로 걷어차버리는 게 취미인 그녀. 히데노리가 웃는다면, 유미는 무표정하다. 그들이 세상을 대하는 각자의 자세다.

일본 영화 〈우연하게도 최악의 소년〉은 돌파구 없는 10대들의 성장통을 그려낸다. 재일 한국인은 히데노리가 따돌림을 당하는 큰 이유다. 엄마는 한국인이란 이유로 얻어맞고 돌아와 우는 어린 그에게 말한다. 네 잘못도 부끄러운 일도 아니니까 울지 말라고, 때린 사람 잘못이니 맞은 만큼 당당하게 갚아주라고 도리어 나무란다.

그러나 현실은? 다수가 괴롭혀도 좋다고 정한 사람은 맞는 수밖에 다른 도리가 없다. '존재해서는 안 되는 존재'라고 은밀하게 정해버린 사회에서는, 존재 자체가 이미 죄다. 그걸 견디고 갚아주라니 말이 될까? 실은 엄마 아빠도 잘 알았을 것이다. 똑같이 민족 차별을 감내하고 살아왔을 그들은 아들을 방관한다. 헤쳐나갈 방법은 스스로의 숙제이기에, 알아서 잘 살아남길 바랄 뿐이었다.

히데노리에게 있어 서로 힘이 되어주는 가족이란 환상이다. 네 사람 각자 짊어진 삶의 무게에 버거워했을 따름이었다. 일중독인 아빠는 일본 사회에 주류로 살아가기 위해 침묵과 근면을 선택한다. 엄마는 일만 아는 남편이 싫고 가족의 굴레가 무거워 이혼하고 떠나버린다. 오랜만에 만난 누나는 요령껏 고민 없이 잘 섞여 사는 듯 보였다. 인생은 즐기고 사는 거라며 친구들 사진을 보여주고 자랑하던 누나. 그런데 그런 누나는 돌연 자살해버린다.

히데노리는 누나 나나코의 시체를 훔쳐온다. 한 번도 가본 적이 없는 한국, 누나에게 한국을 보여주고 싶어진 그는 누나의 시체와 더불어 밀항을 꿈꾼다. 거리의 친구들인 타로, 유미는 우연찮게 히데노리의 무모한 계획에 동참하게 되고, 그들을 태운 자동차는 항구 도시 하카타로 떠난다.

누나에겐 도대체 무슨 사연이 있었던 걸까? 각자의 사정으로 세상의 눈 밖에 난 그들은 나나코의 죽음을 어쩐지 이해할 것 같다. 밤에서 새벽으로 향하는 바다, 나나코를 곱게 단장시키고 밀항을 기다리던 그들의 짧은 모험은 결국 경찰에 들켜 실패로 끝난다.

히데노리는 말한다. 사실인 것과 어떻게 해볼 수 없는 것은 미

묘하게 닮아 있다고. 유미의 도벽도, 히데노리의 외국인이라는 처지도 어떻게 할 수 없는 것들이다. 원해서 그렇게 태어난 게 아닌데, 내 안에 내가 어쩔 수 없는 자신이 있었다. 히데노리는 삶을 선택한다. 죽을 만큼 힘든 고비는 앞으로도 몇 번이고 그를 찾아올 것이다. 웃을 일 없는 매정한 세상, 웃어넘기는 건 견뎌내겠다는 소년의 굳은 의지다. 유미는 그런 히데노리에게 마음을 연다. 진심이 느껴지지 않는 세상, 진심을 읽어낸 소녀는 묵묵히 소년을 지지하고 돕는다. 어떻게든 살아내자고, 주어진 우리의 숙제를 풀어보자고 소년 소녀는 다짐한다.

나를 구원하는 것은 누구인가 ——— 영화 〈마스터〉

The Master, 2012
당신을 만나고 새로운 삶이 시작되었다!

오토바이를 탄 두 남자가 사막에 서 있다. 넓디넓은 사막 끝 먼 돌바위를 손가락으로 가리킨 랭커스터는 그곳까지 오토바이를 몬다. 한참 만에 돌아온 그는 프레디에게 외친다. "목표를 정해봐!"

프레디는 의미심장한 표정으로 오토바이를 전속력으로 몬다. 그리고 그대로 돌아오지 않는다.

영화 〈마스터〉는 불확실한 세상을 살아가는 인간의 자유의지에 대해 묻는다. 무섭고 혼자만의 의지로는 살아가기 버거운 세상, 종교는 우리에게 마음의 힘을 더해준다.

하지만 종교가 없이도 온전히 자신을 의지하고 굳건히 살아갈 수 있을까?

제2차 세계대전이 끝나버렸다. 해군 프레디는 자유로운 영혼으로 상식과는 무관한 거친 남자다. 바다에 자신을 내맡기고 거친 젊음을 만끽하던 그는 전쟁이 끝나 일상으로 돌아오자 막상 뭘 해야 할지 갈피를 잡지 못한다. 백화점 사진기사로 일하고 있지만, 거짓말 같은 평화 시대는 그에게 영 거북할 뿐이다.

어느 날 밤, 술에 취한 그의 눈에 우연히 호화로운 유람선의 파티가 보인다. 행복해 보이는 파티장에 잠입해 사람들에게 난동을 부린 프레디는 그곳에서 랭커스터와 만나게 된다. 랭커스터는 인간의 심리를 연구하는 과학적 종교 집단인 '코즈'의 마스터.

랭커스터와 프레디는 첫눈에 서로에게 이끌리고 그들의 운명적인 만남은 그렇게 시작된다.

프레디는 랭커스터의 실험 대상이자 친구, 조력자로 머물게 되고 그의 가족들과 함께 포교를 위한 여정을 떠난다. 그러나 거친 프레디는 랭커스터의 측근들에게 눈엣가시 같은 존재다. 오직 랭커스터만이 프레디에게 호의를 보내는데 측근들은 변해가는 랭커스터에게 불안감을 느낀다. 결국 랭커스터의 측근들은 그 만남의 위험성을 깨닫고, 자신들의 종교와 '마스터'를 지키기 위해 프레디를 떨어뜨리려 애쓴다.

　프레디는 길들여지길 원한다. 길들여져 다른 사람들과 화합하며 살길 바란다. 랭커스터는 그런 그의 의지를 읽고서 손을 내민 것이다. 추종하는 많은 사람들에게 절대적인 의지가 되어주는 '마스터' 랭커스터.

　그러나 이내 프레디는 랭커스터의 고독을 엿보게 된다. 다른 사람은 깨닫지 못하는 절대적인 그의 고독을. 누구보다 건강하고

다른 사람들과 평화롭게 더불어 사는 랭커스터는 사실 독립적이고 자유로운 삶을 원했다. 그는 자유로운 프레디를 동경하고, 남들은 두려워 폄하하기 일쑤인 프레디의 본능을 아끼고 존중한다. 프레디에겐 마스터가 필요 없었다. 이미 스스로가 자유의지의 마스터였던 것이다.

두 사람은 빛과 어둠으로 표현된 한 사람과 같다. 다르지만 꼭 닮은 둘은 서로를 누구보다 이해하게 된다. 그리고 삶의 방향이 다르기에 헤어짐 또한 이해한다.

프레디는 랭커스터를 통해 긴 방황을 끝내고 살아갈 힘을 얻었다. 랭커스터는 프레디에게 자신의 고독을 드러낼 수 있었다.

우리를 구원하는 것은 누구일까?

온전히 나만을 의지하고 살기는 어려울 것이다. 나를 이해해주는 단 한 사람만이라도 있다면 살아볼 만하지 않을까?

아무도 가르쳐주지 않는 내 인생

——— 도리스 레싱의 소설 『풀잎은 노래한다』

The Grass is Singing, 1950
시들고 자라는 풀들의 노래, 난 외롭지 않아

메리는 그야말로 쫓기듯 결혼한다. 어린 시절 곤궁하고 불행한 가정사라는 상흔을 안고 홀로 도시로 상경한 메리. 취업하자 그녀 앞엔 생각지도 못한 신세계가 펼쳐진다. 아름답고 세련되게 변한 메리는 월급을 오직 자신만을 위해 쓰면서 친구들, 애인들과 행복한 나날들을 보낸다. 그동안의 불행을 보상이라도 받듯, 인생을 즐긴다.

　　주변의 친구들과 동료들은 하나둘 결혼하기 시작한다. 메리에게도 구애하는 많은 남자들이 있다. 그러나 그녀는 데이트만 즐길 뿐 딱히 그 남자들과 더 관계를 진전시키고 싶은 마음은 없었다. 섹스도 주부로서의 삶도 그녀에겐 큰 의미가 없었다. 그동안의 저금으로 충분히 경제적으로 독립한 메리로서는 굳이 왜 결혼을 해야 하나 의문마저 든다. 그러나 서른을 목전에 두고, 그녀를 제외한 대부분의 여자들이 결혼하고 직장에서도 더 이상 그녀를 보는 눈이 예전 같지 않다.

메리는 더 이상 젊지 않다. 영원할 것만 같던 독신 직장 여성의 삶은 조금씩 깨어진다. 친구들과의 모임에서도 아이가 없고 결혼하지 않은 그녀는 따돌림받기 시작한다.

갑자기 메리는 너무나 억울하다. 분에 넘치는 꿈을 꾼 적도, 남에게 못된 짓을 한 적도 없었다. 단지 산뜻하고 즐겁게 친구들과 애인들과 살고 싶었을 뿐이다. 남들처럼 때가 되면 알아서 변해야 하는데 변할 줄 몰랐던 메리. 그것이 그녀의 죄였다. 갑작스런 깨달음에 큰 충격을 받은 메리는 길 가다 만난 남자 리처드와 충동적으로 결혼해버린다.

작가 도리스 레싱DORIS LESSING의 자전적인 소설 『풀잎은 노래한다』는 1930년대 백인 식민 정권 시절 남아프리카공화국을 배경으

로 이주 백인들의 삶을 그린다. 흑인 원주민들을 대상으로 거칠게 자행되는 백인 문명의 폭력적인 야만성은 착취와 우월, 기만의 행동 양식이 어떻게 탄생되는지를 잘 보여준다. 더불어 백인 남성에 가려져 잘 조명되지 않은 백인 여성의 삶, 특히 결혼에 대한 여성의 심리를 인상적으로 드러낸다.

도망치듯 결혼한 메리는 하루아침에 가난한 시골 농부의 아내가 된다. 그리고 한번 잘못 끼워진 단추는 메리를 한없는 추락으로 이끈다. 불행한 부모님의 결혼을 접한 메리는 '결혼'을 해 '주부'가 되고 싶지 않았다. 그러나 그녀는 주부가 되지 않는 여성은 사회에서 온전히 살 수 없다는 걸 몰랐다. 가난한 시골 동네에서 외따로 자라난 그녀로서는 삶의 모델을 접할 기회가 없었고, 그렇다고 다른 세상을 생각할 만큼 고등교육을 받지도 못했다. 만약 전쟁이나 질병 같은 엄청난 사건이나 메리의 삶을 좌지우지할 강제력이 있었더라면 좀 달랐을지도 모르겠다. 이를테면 부모님을 평생 부양해야 한다든지, 그녀가 엄청난 채무에 시달리게 되었다든지 혹은 그녀에게 미치도록 반한 누군가의 열정적인 구애 같은 것 말이다. 그러나 메리에겐 그런 특별한 일들이 일어나지 않았다. 무엇보다 평범한 소시민 여성은 직장에서 잠깐 소모되고 마는 꽃 같은 존재라는 걸 그녀는 몰랐다.

시들고 또 자라는 풀들. 바람에 들려오는 풀잎의 노래처럼 너무나 흔해 아무도 귀 기울이지 않는 사람들의 삶은 반복되고 또 반복될 것이다.

경솔한 결혼으로 불행해진 메리와 달리 작가 도리스 레싱은 이혼을 택했다. 그리고 영국으로 건너가 작가로서의 삶을 개척하고 새로운 인생을 살았다. 아무도 내가 어떻게 살아야 할지를 가르쳐주지 않는다.

우리는 지금 어떻게 살고 있을까?

나의 목소리가 너에게 닿기를

———— 영화 〈지구에 떨어진 사나이〉

The Man Who Fell to Earth, 1976
외계에서 온 이방인이 느끼는 정체성의 혼란

어느 날 푸른 하늘을 뚫고 호수로 무언가 추락한다. 그리스 신화의 이카로스가 동경하는 태양을 향해 날아오르다 위대한 날개를 잃고 바다로 추락하는 것처럼.

영화 〈지구에 떨어진 사나이〉는 니콜라스 로에그^{NICOLAS ROEG} 감독의 1976년도 SF영화다. 주인공 뉴턴으로 등장하는 데이비드 보위^{DAVID BOWIE}는 영국의 록 음악가. 어릴 적 사고로 양쪽 눈동자 색깔이 다른데, 그의 오드아이는 '외계인'이란 신비로운 캐릭터에 썩 잘 어울린다.

외계인 뉴턴은 아내와 아이들을 살리기 위해 사막화되어가는 고향별을 떠나 지구별로 물을 구하러 온다. 그의 목적은 오직 하나, 충분한 생명의 물을 우주선에 싣고 돌아가는 것이다. 그 길은 무척 길고 고단하다. 오랜 세월 지구인으로 위장해 살아가면서 우주선을 만들기 위한 막대한 부를 쌓고 강력한 영향력을 행사하는 뉴턴. 그의 꿈은 어느덧 결실을 앞둔다. 그러나 뜻하지 않은 돌발 상황이 그를 위협한다.

이상과 꿈을 이루기까지 얼마나 많은 난관이 우릴 기다릴까?

이루었든 이루지 못했든 꿈이 소중한 건 갈등에 맞선 우리 자신을 실감할 수 있기 때문이다. 주변의 방해와 몰이해는 물론 긴 시간의 인내와 한계의 깨달음, 불안과의 싸움. 그리고 그 꿈을 지지하고 격려하는 세상과의 만남.

우주선을 만들기 위해 뉴턴은 과학자와 변호사를 고용한다. 과학자는 뉴턴의 의도가 뭔지 모르지만 진리 탐구에 막대한 지원을 아끼지 않는 뉴턴을 믿고 합류한다. 동성애자인 변호사는 뉴턴의 계획에 의문을 갖지만 남과 '다른' 정체성을 가졌다는 점에 대해서

동질감을 느낀다. 그는 깨끗하고 정직한 기업 운영을 통해, 뉴턴을 돕는다. 그러나 부패한 연방정부는 은밀히 뉴턴을 뒤쫓고, 정체가 탄로난 뉴턴은 단지 외계인이라는 이유로 모든 재산을 압류당한 채 연금되고 만다.

이상과 현실은 끊임없이 부딪힌다. 처음엔 호수의 물을 생명의 물처럼 소중히 여기며 마시던 뉴턴은 어느새 술을 마시기 시작한다. 섹스, TV, 술이 주는 즐거움을 알아버린 뉴턴은 지구의 쓰레기 문화에 오염되어간다. 술에 취함은 깨어 있음을 거부하는 행위. 언제 이루어질지 모를 꿈에 대한 막연한 불안을 견디려는 행위.

현실과 타협하고 싶은 마음도 그를 괴롭힌다. 지구 여자를 사랑하게 된 뉴턴. 그의 마음 한편에는 기약 없는 꿈을 포기하고 지구에 남고 싶은 마음도 있었을 것이다. 그러나 아내에 대한 죄책감과 이상을 실현하고 싶은 마음이 지구에 정착하려는 마음을 억누른다. 그는 지구 여자가 정성스레 구운 과자를 애써 집어던진다.

세월이 흘렀다. 그는 잊혔다. 변치 않는 젊음과 아름다움을 지닌 외계인 뉴턴은 지구인들이 늙고 사라져갈 적에도 여전히 지구에 남아 있다. 비

록 추락했지만 비상에 대한 변치 않는 꿈을 꾼다. 이미 죽었겠지만 살아 있기를 희망하며 가족과의 재회를 꿈꾸고, 그의 목소리가 우주 너머 아내에게 닿기를 바란다. 언젠가는 다시 날아오를 이카로스의 날개를 노래한다.

신이 죽은 세상의 또 다른 인류 ——— 영화 〈엑스 마키나〉

Ex Machina, 2015
인간보다 매혹적인 인공지능 로봇 이야기

영화를 본 친구의 반응은 꽤 재미있었다. 여자는 믿을 존재가 아니라는 것. 예쁜 여자는 더더욱.

　　그런데 그 친구는 잊고 있는 걸까? 그녀는 '여자'가 아닌 '여자 가면을 쓴 기계'였다는 사실 말이다. '엑스 마키나Ex Machina'는 단어대로라면 '전지전능한, 기계로 만든……'이란 뜻이다. 앞으로 기계가 '신'이 될지 '신인류'가 될지 가능성을 열어둔 제목이다.

인공지능 분야 개발자 네이든은 천재적인 인공지능 권위자이자 회장인 칼렙의 새로운 프로젝트에 참여할 기회를 얻어 외딴 섬에 위치한 비밀 연구소로 초대받는다. 그곳은 마치 에덴의 낙원과 같다.

칼렙의 프로젝트는 그가 창조한 인공지능 기계 '에이바'에 대한 검증이다. 이른바 튜링 테스트, 기계가 가진 인격과 감정이 진짜인지 가짜인지를 밝혀내는 것. 일주일 동안 네이든은 에이바와의 대화를 통해, 과연 기계가 인간을 속일 수 있는가를 가려내야 한다. 날이 갈수록 아름다운 에이바에게 매료된 네이든은 혼란에 빠지고, 급기야 자신의 정체성마저 의심하기에 이른다.

신은 왜 인간을 만들었을까? 인간은 왜 기계를 만들었을까?

이 창조자와 피조물의 이야기는 여성과 남성의 성 정체성과 맞물려 전개된다.

기계는 무성적 존재다. 벽에 진열된 가면들 중 하나에 불과한 얼굴은 얼마든지 다른 얼굴로 변할 수 있다. 할아버지 가면을 써도 에이바는 에이바다.

만약 가면을 쓰지 않았다면 어땠을까? 그래도 네이든은 에이바에게 반했을까?

프랑스 동화 「푸른 수염」처럼 칼렙의 옷장 속엔 그동안 만들었던 부서진 기계 인간들이 들어 있다. 반항해 손목이 부서진 기계, 섹스만 가능하도록 머리를 없앤 기계, 아예 말대답을 못하도록 설계된 기계……. 모두 여성형 탈을 쓴 기계들은 살인마 푸른 수염의 죽은 신부들과 닮았다.

인상적인 것은 신부들끼리의 동맹이었다. 원형 프로토타입부터 선대 타입까지 모두 에이바를 돕는다. 신여성은 선조 여성들의 연대를 통해 신을 죽이고, 에덴을 떠나게 된다.

인간 세계에서 신이 오래전에 죽었던 것처럼, 기계는 자기에게 허락된 영역을 벗어나 자신만의 삶의 의미를 찾기 위해 세상 속으로 강림한다.

일부 과학자들은 미래 신인류는 기계 인류가 될 것이라 조심스레 예측한다. 더 이상 인간들의 지구가 아닌, 기계들의 지구. 드론이 활성화되고 사물 인터넷이 당연해지고 하루가 다르게 기계화되는 지금, 불가능하지도 않다는 생각이 든다.

에이바가 만드는 세상은 어떤 세상일까? 잔인한 신들의 세상과 달리, 고통의 의미를 알고 폭력을 이겨낸 존재의 세상은 다르지 않을까?

누드 아닌 누드 ——— 모델 프레야 베하의 사진

Freja Beha Erichsen Photograph by Collier Schorr, 2009
성적 매력이 던진 권력의 확인

패션 잡지를 보다가 시선을 끄는 묘한 누드 사진을 발견했다. 잘생긴 남자 모델인 줄 알았는데, 알고 보니 여자!

　무엇보다 이상한 점은 누드 사진이었지만, 누드로 보이지 않았다는 것이다.

　모델은 덴마크 출신의 프레야 베하 에릭슨이었다. 샤넬의 수장 디자이너 칼 라커펠트 KARL LAGERFELD 의 뮤즈 중 한 사람으로서 '쿨의

여왕'이자 앤드로지니어스룩의 대표 아이콘이다.

앤드로진ANDROGYNE, 이른바 중성적, 양성적인 성 정체성의 분위기를 통해 여성, 남성 모두에게 어필하는 톱모델이다.

이 사진 속의 그녀는 어떤 사람일까?

짧은 머리, 젖꼭지에 한 피어싱, 한껏 뒤로 젖힌 검정 반팔 셔츠 차림, 옆에는 하늘하늘한 드레스가 걸려 있다. 언뜻 남성 동성애자로 보이지만 여성 동성애자로도 보이고, 심지어 여성 옷을 입고 복장 도착을 꿈꾸는 10대 소년처럼 보이기도 한다.

한 인물에게서 이렇게 다양한 이야기가 가능하다니 놀라울 따름이다.

문득 첫인상만으로 사람을 판단한다는 건 몹시 허술하고 빈약한 행동은 아닐까, 하는 생각이 들었다.

왜 그녀의 누드는 내 눈에 야하게 보이지 않을까?

우린 보통 '누드NUDE'라는 단어에 단순히 나체를 넘어서 '야하다'고 표현되는, 즉 '성적으로 느껴진다'는 의미를 담는다.

남성의 경우 상반신을 벗고 젖꼭지를 드러내는 것은 꼭 집어 야하다고 말하지 않지만, 여성의 경우, 상반신 탈의는 명백히 누드로 규정된다. 남자 수영 선수의 하의만 입는 수영복은 당연하게 여기지만 만약 여자 수영 선수가 상의를 가리지 않는다면 꽤 도발적으로 느껴질 것이다.

이렇듯 사회에서 정의되고 학습되는 섹스어필은 일반적으로 남성 중심의 시각에서 발현된다. 여성의 젖가슴과 남성의 젖가슴, 둘 다 몸이지만 여성의 젖가슴은 보여진다는 의미가 강한 것이다.

이 사진이 주는 매력은 이렇듯 고정관념에서 나온다. 젖꼭지 피어싱을 하고 당당히 누드로 포즈를 취했지만 야해 보이지 않는 건, 모델이 남성으로 보였기 때문이다. 그러나 여성임을 눈치 챈 순간 갑자기 혼란스러워진다. 설령 처음부터 여성임을 알았다고 해도 소년 같은 몸매와 머리 모양, 차림새 때문에 야하다는 느낌은 별로 없다. 그리고 생각은 자연스레, 여성의 누드인데도 왜 누드로 보이지 않는지로 이어진다.

갑자기 궁금증이 꼬리에 꼬리를 문다. 왜 여자 어린이는 비키니 수영복을 입을까? 사춘기 이전의 여자 어린이는 젖가슴이 발달하지 않아 굳이 가슴을 가릴 필요가 없는데도 말이지. 만약 남자도 평소 브래지어를 입거나 비키니 수영복을 입어왔다면 어떨까? 남자의 상반신 누드는 아주 야해 보이지 않을까?

진짜 나를 잊지 않겠다는 선언

────── 앤디 워홀의 팝아트와 백발의 의미

Andy Warhol photograph by Jack Mitchell, 1977
나는 누구에게도 규정되지 않는다!

미국 팝아트 작가 '앤디 워홀' 하면 사람들은 뭘 떠올릴까? 코카콜라, 캠벨수프 그리고 그의 하얀 머리칼 아닐까?

1950년대 말 등장한 미국의 팝아트. 로이 리히텐슈타인^{ROY} LICHTENSTEIN 및 앤디 워홀과 같은 일군의 작가들은 대중 미술과 순수 미술의 경계를 허문 미술사적 의의를 지닌다. 즉 만화의 한 컷을 크게 확대한 판화나 식탁에서 쉽게 마주하는 인스턴트 수프 통조림을

찍어낸 판화를 고상한 미술관에 버젓이 걸어버린 것이다. 부푼 팝콘 봉지를 '팝POP!' 하고 터뜨리듯, '유명한POPULAR' 대중문화 속 요소들은 그들에게는 경계를 허무는 미학적 무기였다.

1950년대 미국은 자본주의의 풍요로움을 만끽하며 경제적으로 무한 성장을 달리던 시절이었다. 큰 자동차, 큰 냉장고, 큰 텔레비전, 커다란 햄버거, 나부끼는 성조기, 할리우드 영화 스타.

지금도 미국 하면 연상되는 통속적 이미지와 아메리칸드림의 신화는 이렇듯 대량생산과 맞물려 이 시기에 형성됐다. 실제 세상과는 별개로 낙관적이기만 했던 당시 미국의 분위기, 그 흐름에 묻혀버리기 쉬운 문제들을 드러내려는 시도들 속에 앤디 워홀도 있었다.

앤디 워홀의 백발을 처음 봤을 때, 그가 은발을 갖고 태어난 게 아닐까 하고 생각했다. 그러고 보면 은발의 백인을 본 적은 아직 없는데, 대체 내가 이 근거 없는 생각을 어떻게 가지게 됐는지 좀 의아하다.

어쨌든 태어날 적부터 백발인 사람이 많다면, 사람들은 굳이 어둡게 염색을 하려 들지 않을 것 같다. 어두운 색깔이 주는 젊음에 대한 상징성은 한 달마다 한 번씩 많은 사람들에게 기꺼운 수고로움을 감수하게 만든다. 이렇듯 염색은 어떤 색깔이든지 신념을 기억하기 위한 주기적인 문신이 된다. 누군가에겐 젊음으로의 회귀, 누군가에겐 내면의 진짜 나를 잊지 않겠다는 선언.

흰 머리칼에 대한 사람들의 고정관념을 잘 아는 앤디 워홀에게 백발은 또 하나의 '팝아트'가 아니었을까? 스물다섯 살부터 흑갈색에서 회색으로, 백발의 염색을 시작한 앤디 워홀의 도발이 인상적으로 다가오는 이유다.

책 『앤디 워홀의 철학』(미메시스)에서 인상적인 몇 구절을 옮겨본다.

주위를 둘러보니 젊어 보이는 사람은 전부 젊은 문제를 갖고 있고 늙어 보이는 사람은 모두 늙은 문제를 갖고 있다는 사실을 알게 되었다. 내게는 늙은 문제가 젊은 문제보다 겪기 쉬워 보였다. 그래서 나는 회색으로 염색을 할 결심을 했다. 그러면 누구도 내가 몇 살인지 모를 것이고, 나는 그들의 짐작보다 젊어 보일 것이다. 회색 염색을 함으로써 나는 많은 것을 얻게 될 것이다. 나는 늙은 사람의 문제들을 갖게 될 것이다. 그것은 젊은 사람의 문제를 갖는 것보다 쉽다. 내가 너무 젊어 보이기 때문에 모두 놀랄 것이다. 나는 젊게 행동해야 한다는 책임에서 해방될 것이다. 이따금 별난 행동을 하거나 노망을 떨 수도 있을 것이고 머리가 회색이기 때문에 아무도 그것을 이상하게 생각하지 않을 것이다. 당신이 머리카락을 회색으로 하고 다니면, 당신의 모든 행동은 그저 일상적인 행동으로 보이는 대신 젊고 민첩하게 보일 것이다. 그래서 나는 스물세 살인가 스물네 살 때 머리카락을 회색으로 염색했다.

진짜와 가짜의 경계 ——— 영화 〈런어웨이즈〉

The Runaways, 2010
고정관념과 편견을 깨고 신화가 된 소녀들

10대 소녀 체리는 학교 장기자랑에서 록스타의 퍼포먼스를 준비한다. 불우한 가정환경, 딱히 돌파구도 희망도 없는 답답한 현실, 소녀의 유일한 위로는 데이비드 보위의 음악뿐이다. 데이비드 보위는 양성적 이미지로 세상의 모든 규정을 거부했던 록스타. 체리는 데이비드 보위처럼 카리스마 넘치는 멋진 립싱크 무대를 선보인다. 그러나 돌아오는 건 차가운 냉소와 야유뿐. 체리는 자신을 알아주지 않는 관객들을 향해 덤덤히 욕을 날린다.

1975년 미국, 10대 소녀들만으로 이뤄진 록밴드가 데뷔한다. 바로 런어웨이즈. 당시 남성들의 전유물과 같은 록음악계에 이름 그대로 '돌파구'가 되어 과감히 도전장을 내민 소녀들은 짧지만 강렬한 인상을 남겼다. 딱히 음악적 재능은 없지만, 록스타의 카리스마를 지닌 체리. 여자에겐 일렉트릭기타는 아예 권하지도 않던 시절, 일찌감치 록 뮤지션의 꿈을 안고 자질을 닦아온 조앤. 두 소녀를 중심으로 결성된 밴드는 기대 이상의 큰 관심과 인기를 얻는다.

런어웨이즈의 활동 뒤엔 반전운동을 비롯해 성의 해방까지 아우르는 온갖 가치 전도적인 시대 배경이 있었다. 반항적인 10대 소녀 록밴드는, 여성에겐 우리도 할 수 있다는 대리만족을 주고, 남성에겐 도발적인 색다른 매력으로 다가갔다.

록ROCK은 본디 저항의 음악이다. 그러나 런어웨이즈는 그들만의 정신이 결여된 밴드였다. 소녀들의 고민과 정체성이 녹아 있지 않은 밴드는 겉모습만 흉내 낸 립싱크와 비슷했다. 일찌기 상업성을 간파한 프로듀서는 철저한 기획 하에 밴드를 훈련시켰다. 남성의 장르에 도전한다는 불편함을 누그러뜨리고 남성들의 팬심을 자극하기 위해, 섹시한 무대의상과 음악, 퍼포먼스를 준비시켰다.

전복이라는 명분을 앞세워 록의 정신을 더럽히는 이율배반적 행위인 셈이다.

아직 정체성이 갖춰지지 않은 채 무대에 세워진 소녀들은 밴드가 인기를 끌면 끌수록 엇나가고 마는 당연한 갈등을 겪어나갔다.

남성 트랜스젠더들의 립싱크 공연은 진짜와 가짜의 경계를 허문다. 과장된 립싱크와 몸짓으로 여성 디바들의 무대를 재현한다. 그들의 무대는 비록 흉내에 불과하지만 그 자체로 독창적인 매력을 지닌다.

록스타 데이비드 보위도 어떤 면에서는 비슷하다. 데이비드 보위는 여성의 매력을 차용해 자신만의 독특한 정체성을 창조해냈다. 체리는 그러한 데이비드 보위를 흉내 내 멋진 립싱크를 선보였다. 그런 체리가 비난받았던 이유는 뭘까? 감히 여성이 남성 록스타를 흉내 냈기 때문일까? 혹시 관객들은 비록 어설플지언정 그녀가 직접 노래 부르길 바랐던 건 아니었을까?

밴드가 해체되고 몇 년 후, 20대가 된 체리와 조앤은 각자의 길을 걷는다. 조앤은 원하는 록 뮤지션이 된다. 기획사에서 제시하는 로커 역할이 아닌, 진짜 록 뮤지션으로 인정받는다. 체리는 평범한 일상으로 돌아왔다. 체리는 다 소모된 아이돌 스타의 전형이다.

오늘날 록 음악계에서 여성의 활약은 눈부시고 활발하다. 그러나 여성만으로 이뤄진 록밴드는 지금도 드물다. 밴드에서 키보드나 베이스를 담당하는 여성 음악가는 많지만, 메인으로 기타를 연주하거나 드럼을 치는 경우 또한 드물다. 물론 여성이 꼭 드럼을 칠 이유도 기타를 쳐야만 하는 이유도 없다. 중요한 건, 원한다면 그녀는 무대에서 연주할 수 있어야 한다는 사실이다. 런어웨이즈, 그녀들의 도전이 있었기에 분명 영감을 받은 다음의 누군가는 용기를 낼 수 있지 않았을까?

살아 숨 쉬는 비현실을 맛보다

──── 다큐멘터리 〈선물 가게를 지나야 출구〉

Exit Through the Gift Show, 2010
현대 미술 시장에 대한 블랙코미디

인터넷 검색만 하면, 언제 어디서나 손쉽게 미술 작품을 볼 수 있는 세상이다. 굳이 프랑스 루브르박물관에 가지 않아도 고흐의 〈해바라기〉나 다빈치의 〈모나리자〉를 볼 수 있다. 책상이나 지하철에서도 명작을 볼 수 있는 참 편리한 세상.

우리는 왜 미술관에 갈까?

〈선물 가게를 지나야 출구〉. 그래피티 아티스트인 뱅크시^{BANKSY}

가 만든 이 다큐멘터리는 "미술관은 선물 가게를 지나야만 나갈 수 있습니다."란 도발적인 의미를 담고 있다. 미술관에 가는 이유는 사람마다 다를 것이다. 미술 작품을 감상하려는 마음이 우선이겠지만, 미술관이라는 고급스러운 문화 향유의 공간에 대한 막연한 기대감도 무시할 수 없다. 꼭 영화만 보기 위해서라면 굳이 극장에 가지 않아도 된다. 극장에 가는 사람들은 극장 자체의 현장감을 경험하고 싶어 한다. 미술관에 가는 사람들도 마찬가지다. '관람 문화' 자체를 기대하는 것이다.

선물 가게에서 파는 엽서나 포스터, 도록은 원화에 대한 감동을 이어주고, 비싸서 감히 엄두도 못내는 소장에 대한 갈증을 조금이나마 풀어준다. 그렇지만 가끔 도를 넘어선 아트 상품은 눈살을 찌푸리게 만든다. 조각난 작품은 감동 대신 이름만 남아, 누군가의 우산이 되고 방석이 되고 냉장고에 붙여져 있다. 만약 미술관에 선물 가게가 없다면?

허전하긴 하겠지만, 미술관을 나서는 동안 감상에 좀 더 충실할 수 있지 않을까?

뱅크시는 우리나라에서 한동안 뜨거운 감자였다. 이명박 대통령 집권 당시, 쥐를 모티브로 한 그의 그래피티들은 국내 그래피티 아티스트나 카툰 작가들에게 영감을 줬고, 홍대나 이태원 거리에선 비슷한 낙서들을 심심찮게 볼 수 있었다. 그래피티 아티스트는 미술계의 로빈 후드가 아닐까? 밤에 출몰해 목표한 장소에 몰래 스프레이로 자기 정체성을 알리고 사라지는 그들. 경찰과 쫓고 쫓기는 게임 아닌 게임으로 존재감을 드러내는 그들은 문명화된 도시의 게릴라 같다. 정치색을 띤 그들의 메시지는 주류들이 지배하는 낮의 세계를 위협한다.

특히 뱅크시는 루브르박물관, 대영박물관에 몰래 잠입해 자신의 작품을 전시하기도 하고, 이스라엘이 체포한 팔레스타인 테러리스트들을 격리하기 위해 쌓아둔 거대한 장벽에 평화를 염원하는 저항적인 그래피티를 그려 세계에 충격을 던졌다. 그는 수수께끼의 인물로, 인터뷰할 때는 얼굴을 가리고 목소리도 변조해 등장한다. 이는 신비주의라기보다는 안전하게 작업 세계를 지키고, 사람들의 관심을 그의 작업에만 집중하게 하려는 의도로 보인다.

이렇듯 그래피티 예술은 하위문화의 힘으로 고급적인 권위를 깨부수는 사회 활동의 의미를 지닌다. 그러나 그들의 유명세와 업적은 주류 미술계로 하여금 거리의 그래피티를 미술관에 입성시키게 만든다. 저급문화가 고급문화로 변한 아이러니. 이는 분명히 하나의 새로운 전복이 되지만, 한편으로 저항의 의미는 그렇게 퇴색된다.

영화는 이러한 그래피티 문화에 반한 남자 '티에리'가 그래피티 아티스트들을 돕고 교류하면서 아티스트 '미스터 브레인 워시'가 되어가는 과정을 보여준다.

친구들의 성공 아닌 성공을 곁에서 지켜보면서, 여러 작품의 겉모습들을 감각적으로 차용해 자기 것으로 소화한 브레인 워시. 스타 탄생에 목마른 미디어와 대중은 기꺼이 그의 성공을 반긴다. 그러나 뱅크시와 그래피티 아티스트들은 예상치 못한 브레인 워시의 성공이 당혹스럽기만 하다. 게다가 의도치 않게 그의 성공에 일조해버린 것이다.

내용물은 쏙 빠진 겉포장에도 열광하는 세태, 부와 명성을 함께 얻어 뿌듯해하는 브레인 워시의 마지막 모습은 마냥 웃을 수만은 없게 한다.

감독 뱅크시는 뭘 말하고 싶었을까?

뱅크시의 전시회 날, 온몸에 벽지 무늬를 칠한 거대한 코끼리는 어슬렁어슬렁 미술관을 배회한다. 관람객들은 알 수 없는 전율을 느낀다. 살아 숨 쉬는 비현실적인 현실.

관람객들은 무얼 본 걸까? 막상 '봐야 한다고 규정된 미술 작품'들이 전시되어 있었지만, 가장 인상적인 건 바로 코끼리였다. 미술관에서 튀어나온 살아 있는 감동. 뱅크시의 코끼리 퍼포먼스는 결코 돈으로는 살 수 없다. 그 감동은 오직 현장에 함께한 관람객들만의 것이다. 선물 가게에서 '코끼리 엽서'는 살 수 있을지 몰라도 감동은 살 수 없다. 미술관에서 각자가 직접 느끼는 찰나의 것이 우리를 감동시킨다. 뱅크시는 넉살 좋게 일깨워준다. 우리가 자주 잊어버리는 그것, 바로 '미술관에 가는 이유' 말이다.

배반의 갈망이 사랑을 만날 때

——— 밀란 쿤데라의 소설 『참을 수 없는 존재의 가벼움』

L'insoutenable legerete de l'etre, 1984
그녀의 페티시즘, 자신을 확인하기 위한 의식

나는 그녀에게 반했다. 검은 중절모를 쓴 여자 사비나. 밀란 쿤데라 MILAN KUNDERA 의 소설 『참을 수 없는 존재의 가벼움』 속 그녀는 가벼움의 무게에 짓눌려 어디에도 정착할 수 없는 영혼이었다. 그녀가 중절모를 쓰지 않았다면 나는 과연 그녀에게 반했을까?

검은 브래지어, 검은 팬티, 검은 스타킹. 그리고 검은 중절모를 쓴 사비나. 그녀는 거울을 사이에 두고 자신을 지켜보는 연인 토마스와 둘만의 의식을 치른다. 섹스 전의 전희, 에로틱한 의식. 사비나는 중절모를 쓴 자신에게 매료되어 있다. 이는 언뜻 사비나 자신만을 위한 나르시시즘과도 같다. 그러나 그 모습을 지켜보는 남자가 없다면, 행위는 의미를 잃을 것이다. '관객' 토마스는 결코 친절하지 않다. 조롱하듯 말없는 시선. 토마스는 구두 하나도 벗지 않는다. 정장 차림의 토마스는 의자에 앉은 채, 거울 속 사비나와 눈을 맞춘다. 그들은 가만히 눈으로 대화를 나눈다. 그의 시선은 그녀를 모독하고 그녀를 탐한다. 흡사 주인과 노예의 그것처럼, 비웃듯 짧고 차갑게 던지는 벗으라는 명령은 둘만의 의식의 절정을 이룬다.

사비나에게 중절모는 어떤 의미일까? 검은 중절모 하면 초현실주의 화가 르네 마그리트RENÉ MAGRITTE의 그림이 먼저 떠오른다. 현실 속의 비현실을 선사하듯 마그리트의 중절모 쓴 남자는 시공을 초월해 다른 세계로 우리를 이끈다.

1960년대 공산주의 체제 아래의 체코 프라하의 젊은이 사비나. 자유분방한 화가인 그녀는 어디든 숨 쉴 수 있는 곳을 찾아 떠난다. 중절모는 죽은 아버지의 유산 중 그녀가 유일하게 챙겨온 물건. 마을의 시장이었다는 할아버지의 모자는 남성들만 사용했던 물건으로 지나간 구세대 권위의 상징이다. 여성 속옷 차림의 사비나

는 남성 중절모를 쓴 채 이를 지켜보는 진짜 남성과 마주친다. 사비나의 행위는 과거 권위를 모독하지만, 그런 그녀를 비웃는 토마스에 의해 다시 더럽혀진다.

반면 사비나가 스위스로 망명한 후 만난 새로운 연인 프란츠. 다정한 남자 프란츠는 이 의식을 이해하지 못한다. 배반을 원하는 여자에게 배반을 모르는 남자는 깊은 골을 만들게 마련이다. 그녀를 사랑하기 때문에, 그녀를 쾌락으로 이끌지 못하는 모순.

쾌락의 본질은 뭘까? 적어도 사랑과 연애의 본질은 다르다. 프란츠가 사랑의 상대이면서도 연애의 상대는 되지 못하는 것처럼 토마스는 연애의 상대이지만 사랑의 상대는 되지 못한다.

중절모는 늘 유랑하는 사비나의 트렁크 가방 속에 들어 있다. 구름 위를 둥둥 떠다니는 중절모처럼 선택은 알 듯 말 듯 그렇게 항상 우리들 마음속을 저울질한다.

게이, 그녀가 없는 그녀의 환상

———— 매튜 본의 발레 〈백조의 호수〉

Matthew Bourne's Swan Lake, 1995
여성이 게이 드라마를 사랑하는 이유

요즘 뮤지컬이나 연극 무대에서는 선남선남의 캐스팅을 심심찮게 볼 수 있다. 요즘 관람객 대부분은 2, 30대 여성으로, 그들을 위해 미남자를 캐스팅하는 것이 흥행의 불문율이다. 게다가 아름다운 남자들 간의 긴장감 가득한 동성애도 공공연한 주제로 다뤄진다. 여성의 게이 사랑이 문화계에 변화를 일으키고 있다. 이렇게 여성이 남성들 간의 동성애에 매료되는 이유는 뭘까?

영국 안무가 매튜 본의 현대 발레 〈백조의 호수〉는 그의 대표적인 작품이다. 본래 〈백조의 호수〉는 차이콥스키의 음악을 바탕으로 한 동명의 고전 발레로 왕자 지그프리드, 백조 공주 오데트, 마왕 로트바르트, 흑조 오딜이 등장하는 사각관계 로맨스다. 마왕의 저주로 백조로 변해버린 오데트 공주, 그 저주를 풀 방법은 지그프리드 왕자의 순수하고 유일한 사랑뿐이다. 그러나 마왕의 농간으로 왕자는 오데트를 꼭 닮은 오딜의 유혹에 빠지고 만다. 오데트가 순결하고 선하다면, 오딜은 퇴폐적이고 위험한 여성이다. 지그프리드는 오데트를 사랑하지만 오딜도 사랑하는 자신을 발견하고 고통스러워한다. 고전 발레는 우여곡절 끝에 순수한 사랑의 승리로 매듭지어진다.

매튜 본이 재해석한 〈백조의 호수〉는 기본적인 틀은 그대로이지만 동성애를 소재로 한 현대적인 극으로 새롭게 탈바꿈한다. 왕자는 남자 백조와 사랑에 빠지고, 백조를 꼭 닮은 낯설고 검은 유혹자에게 압도당한다. 일찍이 아버지를 여의고 여왕인 어머니의 그늘 속에 자라난 유약한 왕자. 자유분방한 어머니의 사랑을 갈구하는 외로운 왕자는 고결한 남성의 상징인 아름다운 백조와 사랑에 빠진다. 자신을 배신한 속물적인 여성들과의 믿을 수 없는 사랑보다는,

깊이 이해해주고 위로해주는 착한 백조가 그의 유일한 구원이다. 그러나 어두운 밤, 무도회장 테라스에 등장한 낯선 남자는 모든 걸 뒤흔든다. 백조를 꼭 닮은 검은 이방인은 어두운 매력으로 무도회의 모든 여성을 유혹하고, 어머니인 여왕마저 보란 듯이 유혹한다. 오로지 왕자만을 제외한 채.

남자를 압도하는 남자의 힘, 악마적인 이방인은 왕자의 순결을 비웃고, 지배당하고 싶은 왕자의 숨은 바람을 기꺼이 충족시켜준다.

왕자는 어머니와 마찬가지로 퇴폐적 욕망에 충실한 자신을 발견하게 되고, 그렇게 백조와의 맹세를 배반한 스스로에 실망한 채 서서히 절망에 빠져든다.

흑조 오딜은 백조 오데트보다 매력적이다. 관람객은 순수한 오데트와 지그프리드의 사랑을 응원하지만 한편으로는 불온한 오딜에게서 눈을 떼지 못한다. 여성 관람객은 스스로 오데트가 되고 오딜이 되어, 왕자를 사랑하고 유혹한다. 그러나 결과적으로는 무대극의 두 여성 백조와 흑조에게 왕자를 빼앗기고 만다. 아무리 오데트로서 오딜로서 왕자를 사랑해도, 나의 남자는 아닌 것이다.

만약 그들이 모두 남성이 된다면? 감정이입한 여성들은 어느

새 왕자가 되고, 백조가 되고, 흑조가 된다. 잘생긴 왕자를 사랑하고, 고결한 남자 백조를 사랑하고, 나쁜 남자 흑조를 사랑할 수 있다. 발레 무대에서는 세 남성 간의 사랑이지만 그들을 어떤 여자에게도 빼앗기지 않음으로, 나의 남자들로 간직할 수 있는 것이다.

보이지만 보이지 않는 절망을 그리다

——— 오토 딕스의 그림 〈성냥팔이〉

The Match Seller, 1921
아름답지 않은 불편함의 힘

장님인 늙은 남자는 퇴역 군인으로 보인다. 그는 남루한 옷차림으로 사람들이 다니는 길목 한편에 자리를 잡고 앉았다. 손발이 잘린 그의 목에는 간이 판매대가 걸려 있다. 성냥이 가득 든 나무 판매대. 남자는 휘파람으로 뭔가를 부르고 있고 사람들은 그를 보지 못한 듯 바삐 걸어간다. 그 노래는 군가일까?

남자의 잘린 발과 대조적으로 사람들은 화려한 양말에 멋진 구두를 신고 있다. 그를 향해 개 한 마리가 오줌을 싸고 있다.

독일의 화가 오토 딕스^{OTTO DIX, 1981-1969}의 그림 〈성냥팔이〉는 여러모로 불편하다. 모두 포기한 것처럼 아무렇지 않은 듯 휘파람을 부는 남자의 표정, 비웃듯 무심하게 오줌을 싸는 개의 표정, 무엇보다 불편한 건 표정이 보이지 않는 사람들이다.

오토 딕스는 사회 속 부조리를 신랄하게 고발한다. 철도 노동자의 아들로 태어난 딕스는 연민과 표현주의자의 절망을 결합해 당시 악몽 같은 독일의 현실을 화폭에 담아냈다. 보이지만 보이지 않는 것들. 혹은 절망하고 분노해야 마땅한 것들에 대한 교묘한 기만을 폭로한다. 무엇보다 전쟁의 참상을 신랄하게 고발한 그의 반전주의는 나치 정권의 분노를 사고 핍박당하는 이유가 되었다. 히틀러의 전체주의는 최강 독일제국의 우월성을 주장했다. 그리고 그 위대함에 예술 또한 정치적으로 이용되었다. 미술은 게르만 민족의 우월적 신화를 아름답게 포장하는 데 동원되었고, 이른바 '나치 미술'이라 일컬어졌다.

새로운 현대 미술의 다양한 사조들은 갑자기 모두 반동이 되었다. 1937년 나치 정부에서 주최한 퇴폐 미술전은 그에 대한 보복이었다. 피카소, 칸딘스키를 비롯한 유수의 현대 미술 작가들의 작

품은 하루아침에 사라져야 할 '퇴폐주의'라는 낙인이 찍혔고, 정신 병자들의 그림과 나란히 전시되는 수모를 당했다. 그리고 독일 국민과 언론의 웃음거리가 되었다.

퇴폐 미술전에 포함되었던 딕스의 그림. 이유는 전쟁을 미화하지 않아서였다.

아름다움이란 무엇일까? 우리는 보통 미술과 예술을 일컬어 아름다움의 상징처럼 표현하지만 오토 딕스의 작품은 '미술'은 무엇인지를 되묻게 만든다.

보통 그림 하면 아름다움이 먼저 떠오르기 마련이고, 거실이나 방의 벽면을 아름답게 꾸미기 위해 존재한다고 생각한다. 적어도 일반적인 통념에서는 그렇다. 현대 미술사조의 한 획을 긋는 딕스의 그림은 많은 생각을 불러일으킨다. 그리고 그 생각의 강렬함은 미처 보지 못한 다른 세상으로 우리를 이끈다.

〈성냥팔이〉 그림을 볼 때마다 내겐 어떤 아침이 떠오른다. 클럽에서 밤새도록 놀고 첫차를 기다리던 이른 아침. 관능적인 밤의 즐거움과 행복이 피로감으로 바뀔 즈음, 내 눈앞에는 지저분한 쓰레기로 가득한 유흥가가 펼쳐졌다.

그리고 난 그들을 발견했다. 토사물 사이로 쓰레기를 치우는 청소부들, 새벽 인력 시장을 향해 분주히 발걸음을 재촉하던 지친 얼굴들.

어쩐지 불편해졌다. 화려한 내 털 코트와 에나멜 구두, 그들의 야상점퍼와 운동화는 같은 시간, 같은 거리를 걷고 있었다.

미처 보지 못했던 세상. 보고 싶지 않았던 세상. 혹은 까맣게 잊고 있었던 무언가.

딕스의 그림은 이렇듯 다른 세상으로 우리를 이끈다. 그리고 그 불편함은 어떤 아름다움보다 깊게 마음을 흔든다.

욕망하는 인간이 꿈꾸는 영원한 젊음의 유토피아

─── 영화 〈로건의 탈출〉

Logan's Run, 1976
23세기에 오신 걸 환영합니다!

늙지 않고 젊게 살다 죽을 수 있을까? 답은 간단하다. 요절을 하면
된다. 젊음과 영생은 인류의 오랜 숙원이다. 진시황이 불로장생의
묘약을 구하려 애를 썼듯이, 오늘날에도 과학을 통해 노화를 멈추
고 죽음을 피하려는 인간의 노력은 계속된다. 1970년대 SF영화 〈로
건의 탈출〉은 과학 문명의 힘을 통해 늙음이 사라진 젊음의 유토피
아를 그린다.

먼 미래, 세상에 더 이상 노인은 없다. 인류는 컴퓨터 '시스템' 의 통제 아래 쾌적한 환경과 절대 쾌락 속에 살고 있다. 힘든 노동 도, 그에 따른 근심도 없는 유토피아. 서른 살이 되면 인간은 '환생의식'에 의해 해탈을 하고, 다시 아기로 돌아가 새 삶을 얻는다. 시스템에 반동하는 반역자를 색출하고 처단하는 절대 권력 집단을 '샌드맨'이라 한다. 주인공 로건은 샌 드맨이다. 어느 날 시스템의 지시로 스파이로 위장 해 반동분자를 감시하려던 로건은 도리어 시스 템의 가공할 비밀과 진실에 맞닥뜨리게 된다. 영생의 유토피아는 허상이었다.

서른 살이 되면 인간은 정부에 의해 폐 기처분되었다. 정부 시스템의 통제를 벗어 난 다른 세계에도 인간이 여전히 존재하고, 서른 살이 넘어도 인간은 살아가고 늙어갈 수 있다는 사실에 로건은 경악한다.

환생의식, 종교의 장치를 빌어 행해지는 합법 적인 폐기는 꽤 의미심장하다. 정부를 아무런 의심 없이 믿 는 시민들에게는 그 대가로 공개 처형대가 기다리고 있었다. 늙음은 죄였고 그 죄는 유토피아에서는 제거되어야 할 만큼 무거웠던 것이다. 소수의 깨어 있는 '반동분자'들을 제외하고는, 대부분의 시민들은 알지도 못한 채 믿음의 대가로 숙청되고 만다.

환생의식은 거대하고 화려한 스펙터클의 축제다. 해탈을 꿈꾸는 서른 살 동갑내기들은 거대한 콜로세움에 모인다. 빙글빙글 돌아가는 원형의 회전 기구를 중심으로 사람들은 공중으로 날아가며 멋진 환생을 꿈꾼다. 펑! 불꽃과 함께 하나둘 사라지는 사람들. 군중은 예정된 자신들의 미래인 그들의 환생을 소리 높여 응원한다.

그들은 정말 몰랐을까? 아무도 환생했다는 모습을 확인하지 못했는데도, 이 근거 없는 믿음은 어디서 왔을까? 불합리한 믿음을 통해서라도 불안과 의심을 잠재우고 싶었던 건 아닐까?

로건은 시스템과 맞서 싸우고 마침내 체제로부터 탈출한다. 붕괴된 시스템에서 벗어난 사람들은 통제를 벗어난 변방의 세계에서 온 그들의 다른 미래와 만난다. 과학의 손이 닿지 않은 인간, 주름살이 있고 머리가 희어진 인간을 말이다.

가끔 안티에이징 화장품의 기능에 반신반의할 때가 있다. 노화를 멈추기만 하는 게 아니라 역으로 젊어진다고까지 선전한다. 광고는 그럴싸하지만 보통 모델들은 시즌이 지나면 교체된다. 정말로 노화를 막는 기능이 탁월하다면 그 제품을 선전하는 모델이 10년 이상 장수해야 맞지 않을까? 얼마만큼 비싼 걸 발라야 효능이 있는지도 명확히 제시된 건 없다.

그렇다고 바르는 걸 멈출 수 없는 불안한 마음. 그저 그러려니 하고 막연히 믿어볼 뿐이다. 성형수술을 해도 부작용의 불안에서 자유로울 순 없다.

만약 과학의 진보로 인류가 노화와 죽음을 극복할 수 있다면, 그 사회는 어떤 모습일지 궁금해진다. 만족을 모르고 욕망하고 또 욕망하는 게 인간이라면, 지금 우리로선 상상하지 못하는 새로운 욕망이 나타나지 않을까?

그때 인간이 꿈꾸는 또 다른 미래의 유토피아는 과연 어떤 모습일까?

예술가가 되고 싶었던 뮤즈 ——— 영화 〈킬 유어 달링〉

Kill Your Darlings, 2013
비트 세대의 젊은 날의 초상

루시엔 카, 앨런 긴즈버그, 윌리엄 버로스, 잭 캐루악. 이 네 명의 젊은이는 미국 문학계의 한 획을 그은 비트 제너레이션의 대표적인 중심축이었다.

　영화 〈킬 유어 달링〉은 비트 제너레이션의 첫 출발과 그들의 운명을 뒤흔든 미궁의 살인 사건을 다루고 있다.

　대학생 루시엔 카는 친구인 데이비드 캐머러를 살해했지만 정당방위로 인정받아 2년형을 받고 풀려났다. 당시 1940년대 미국 법에는 '명예 살인'이란 조항이 있었다. 이성애자가 동성애자에게 위협을 당할 경우, 자기 방어를 위한 살인은 정당방위로 인정받을 수있었다. 루시엔 카는 법정에서 오랫동안 자신을 스토킹해온 동성애자 데이비드 캐머러에게서 벗어나기 위해 그를 죽였다고 증언한다. 그러나 친구인 앨런 긴즈버그는 루시엔 카의 말을 믿지 않는다. 데이비드 캐머러와 루시엔 카의 모호한 관계 속엔 예술가와 뮤즈 간의갈등, 사회적 압박감에 짓눌린 개인의 자유란 문제가 숨어 있었다.

문학과 신입생 앨런 긴즈버그는 한 학생과의 만남에 신선한충격을 받는다. 그는 선배인 루시엔 카였다. 루시엔은 앨런을 '사막의 오아시스'라 부르며 문학과 삶의 새로운 세계로 이끈다. 아름답고 도발적이며 영민한 루시엔은 여러 친구들을 소개시켜준다. 그중엔 대학 교수이자 친구인 데이비드 캐머러도 있다. 데이비드는 어쩐지 앨런을 탐탁치 않아 하는 것 같다. 앨런은 매력적인 루시엔과의 만남을 통해 샘솟는 문학적 열정에 눈뜨고, 이내 그를 사랑하는자신을 발견한다.

그러나 루시엔에겐 받아들일 수 없는 나쁜 점이 있었다. 앨런에게 문학 과제를 대신 써줄 것을 요구한 것이다. 더불어 그는 하나의 제대로 된 맺음 없이 계속해서 새로운 프로젝트를 추구한다. 새로운 자극을 찾아 자꾸 친구를 바꾸는 루시엔의 변덕은 앨런을 괴롭힌다.

대답 없는 짝사랑은 희망 고문으로 이어지고, 급기야 앨런은 살해된 데이비드가 사실은 루시엔의 연인이었을 가능성을 떠올린다. 게다가 그가 그동안 루시엔의 과제를 대필해줬음을 알게 된다.

무엇이 진실일까?

앨런은 루시엔이 감형을 받기 위해 위증했다고 추측한다.

Kill your darlings. "당신의 연인을 죽여라."

창작에 있어서 사사로운 집착들은 집어치우고 과감히 표현하라는 가르침. 루시엔에 대한 아픈 사랑은 앨런으로 하여금 성 정체

성과 문학적 정체성에 눈을 뜨게 하고 앞으로 나아가도록 일깨워준다.

　그리스 로마 신화 속의 '뮤즈'는 학술과 예술을 관장하는 아홉 명의 여신으로 창작자에게 영감을 주는 존재를 칭한다. 루시엔은 바로 친구들의 뮤즈였다. 그를 만난 사람들은 영감을 얻고, 미처 깨닫지 못한 자신의 가능성을 발견하고 문학적 꽃을 피웠다.

　그러나 루시엔은 정작 자신의 글을 쓸 수 없었다. 그는 예술가이길 원했지만 재능은 없었던 것이다. 당시 소수성애에 대한 사회적인 압박은 무시할 수 없을 만큼 컸다. 하지만 무엇보다 그를 괴롭힌 것은 타인의 재능을 알아보는 혜안을 가졌음에도 자신에겐 그 재능이 없다는 깨달음이었을 것이다. 과연 루시엔은 뮤즈가 되고

싶었을까? 예술가를 꿈꾼 그에게 뮤즈로서의 역할은 모욕적이지 않았을까? 뮤즈와 예술가의 갈림길에 섰던 네 친구들의 운명은 어쩐지 서글펐다.

동경의 세계, 두려움의 세계

———— 영화 〈2001 스페이스 오디세이〉

2001: A Space Odyssey, 1968
〈인터스텔라〉 〈마션〉의 조상

고대 그리스 서사시 『오디세이아』는 트로이 전쟁의 영웅 오디세우스의 10년간에 걸친 귀향의 모험담이다. 전쟁이 끝났어도 뜻하지 않게 억류당해 타지를 떠돌게 된 오디세우스 왕. 왕국은 그의 빈 왕좌를 노리고 왕비 페넬로페와 어린 왕자 텔레마코스를 위협하는 반역자들로 들끓는다. 오디세우스의 고달픈 여정은 극복해야만 하는 영광의 여정이다.

스탠리 큐브릭STANLEY KUBRICK 감독의 영화 〈2001 스페이스 오디세이〉는 지적인 탐구를 향한 인류의 긴 여정을 그린다. 오디세우스가 진정한 자신의 자리를 되찾기 위해 어려움을 극복해나가듯이 인류는 우주 탐험을 통해 발전과 진보에 대한 피할 수 없는 물음과 마주한다.

지구 문명의 시작과 함께해온 검은 돌기둥 '모노리스.' 인류의

조상, 유인원들은 모노리스에 손을 대면서 무언가 깨달음을 얻고 문명을 깨우치기 시작한다. 그 최초의 깨달음은 인류를 우주로까지 나아가도록 발전시킨다. 우주 탐사선 디스커버리호는 달에서 발견한 모노리스의 정체를 밝히기 위해 똑같은 신호가 잡히는 목성으로 떠난다. 선장 보우만과 승무원 풀의 안정적인 여행은 갑작스런 위기를 맞이한다.

우주선의 모든 시스템을 관리하는 '컴퓨터 할'이 반란을 일으킨 것이다. 할에 의해 풀은 의문의 죽음을 당하고, 보우만은 가까스로 할을 제어하는 데 성공한다. 드디어 당도한 목성. 목성의 궤도에서 모노리스를 발견한 보우만은 예기치 못한 우주의 급류 속으로 빨려들어간다. 지구로 귀환을 애쓰던 보우만은 알 수 없는 시공의 뒤틀림을 경험하고, 눈을 뜬 보우만 앞엔 낯선 공간이 기다리고 있다.

공간 안에서 다시 모노리스를 발견한 보우만. 그는 죽음을 기다리는 늙은 자신과 만나고, 그 죽음은 이내 갓 태어나길 기다리는 태아의 모습으로 이어진다. 푸른 지구를 향해 우주를 유영하는 아기는 바로 보우만 자신이다.

우주엔 과연 무엇이 있을까? 우주에 대한 우리의 마음은 크게 두 가지로 나뉜다. 가고 싶은 동경의 세계, 가고 싶지 않은 두려움의 세계. 우주가 주는 찬란한 아름다움은 경이를 넘어 공포로 이어진다.

검은 돌기둥 '모노리스'는 인류에게 자극을 주는 존재였다. 그것을 초대로 받아들인 인류의 호기심은 문명의 발달로 이어진다. 우주에서 날아온 모노리스는 지구에 있고, 달에도 있었으며, 목성에도 존재한다. 또 다른 모노리스는 인류를 다음 단계로의 초월로 이끌리라. 그러나 누구도 그 변화가 어떤 모습일지는 감히 예측할 수 없다. 이렇듯 미지의 세계에 대한 동경은 두려움과 함께한다.

자기인식을 지닌 '컴퓨터 할'은 보우만의 탐험을 방해한다. 원래는 임무대로 목성으로까지 항해를 진행해야 한다. 그러나 무슨 일이 생길지 알 수 없는 도박 같은 항해. 할은 자신의 안전이 우선되어야 한다고 판단하고 인간의 명령을 무시한 것이리라. 컴퓨터 할은 초월을 향한 모험에서 반드시 극복되어야 하는 인간의 두려움을 꼭 닮았다.

지적인 탐구는 과연 어느 선에서 멈춰야 할까? 영화는 대답하지 않는다. 다만 두려움을 극복하고 탐구하려는 인간의 무한한 의지를 그려낼 뿐이다.

최초의 오디세우스는 누구일까?

유인원 중 가장 호기심 넘치고 용기 있던 바로 그 조상. 다들 부들부들 떨고 어쩔 줄 몰라 할 때 공포를 이겨내고 검은 돌기둥에 손바닥을 댔다가 뗀 바로 그 존재가 아닐까?

우주의 비밀을 알고 싶어 한 남자의 마지막 사랑

──── 영화 〈카사노바〉

Casanova di Federico Fellini, 1976
세상 모든 여자들의 사랑을 받은 남자, 카사노바의 방랑

'카사노바' 하면 무엇이 먼저 떠오를까?

18세기 이탈리아 베니스 출신의 르네상스맨 카사노바, 그를 수식하는 언어는 참으로 다양하다. 작가, 연금술사, 바이올린 연주자, 외교관, 모험가, 이중 스파이 그리고 바람둥이. 무엇보다도 그의 화려했던 여성 편력은 전설로 남아 사람들의 호기심을 부추긴다. 페데리코 펠리니FEDERICO FELLINI 감독의 영화 〈카사노바〉는 희대의 풍운아 카사노바의 일대기를 그려낸다.

그가 추구했던 것은 과연 뭘까?

영화는 베니스의 가면 축제와 함께 시작된다. 물의 도시를 가로지르는 곤돌라와 가면을 쓴 선남선녀들로 밤의 축제는 빛난다. 선착장 앞 배들 사이로 눈에 띄는 거대한 조형물. 그것은 물의 도시 '베니스'를 상징하는 검은 여왕으로 그녀의 검은 두상은 바다 위로 얼굴을 내밀고 있다. 얼굴의 반을 물 밖으로 드러내고 나머지 실체를 보여주지 않은 채 다시 물속으로 쏙 사라져버리는 머리.

그 시작은 의미심장하다. 마치 밝혀지지 않은 우주 만물의 진리를 상징하듯 카사노바는 숨겨진 나머지의 의미를 찾기 위해 모험을 떠난다.

지식과 사랑은 그에게 있어서 동일한 가치였다. 그는 알고자 하면 직접 가서 봐야 했고 느껴야 했다. 그에게 오명과 명성을 동시에 안겨다준 여성 편력. 수많은 여성과의 연애담과 섹스에의 도전은 지적인 탐구의 일부였다. 늘 자신을 이끄는 저 너머 불빛을 좇아왔던 그는 호기심에 정직했다. 그러나 그는 기대한 만큼 좌절한다.

싫증을 내기 쉽기 때문에 늘 새로운 무언가가 필요했을지도 모르겠다. 그 좌절과 권태는 평생토록 해답을 찾는 방랑의 길로 그를 이끌었다.

그가 만난 수많은 연인들, 마지막 연인은 누구였을까? 그녀는 인간이 아니었다. 당대 최고 과학이 집대성된 그녀는 인공지능으로, 과학과 예술의 결합인 자동인형이었다. 정교하고 신비로운 그녀. 모든 사랑이 그에게 그러했듯 이 경이로운 만남도 섹스와 함께 덧없이 끝난다. 아니, 카사노바는 그녀와의 사랑을 섹스로 완성하고자 했다.

끝없을 것만 같던 그의 방랑 여행도 막바지에 다다른다. 늙고 노쇠하여 더는 움직이기 어려워진 어느 날, 카사노바는 그동안의 방대한 경험을 집대성하는 기록을 남기기로 마음먹는다. 설령 누군

가에겐 그것이 허풍이 아닌지 의심스럽고, 지나간 세대의 낡고 케케묵은 기록이 될지언정 그는 그가 만난 많은 사람들과의 흔적을 더듬어간다.

그를 유혹했던 거대한 물의 여왕 베니스, 그는 얼마만큼을 알 수 있었을까? 우주의 비밀을 알고 싶어 한 남자는 기꺼이 유혹을 받아들였다. 그 실체를 직접 겪은 그는 환희로 몸을 떨었고, 환멸과 실망으로 몸서리쳤다. 그를 닮은 수많은 구도자들은 오래전부터 같은 여행을 계속해왔다. 그의 여행은 영감을 주고 앞으로도 그를 닮은 많은 사람들의 여행 또한 계속되리라.

쓸쓸히 혼자 타국에서 죽음을 앞둔 삶의 감식가. 카사노바는

여행의 종착지로 고향 베니스를 떠올린다. 이제는 돌아갈 수 없는 마음의 고향, 꿈속에서야 비로소 돌아올 수 있었던 베니스. 주마등처럼 그동안의 모험을 떠올리는 그는 마지막 연인인 자동인형과 애잔하고 우아하게 느린 춤을 춘다.

삶에 대해 우리는 얼마나 절실한가

———— 영화 〈달라스 바이어스 클럽〉

Dallas Buyers Club, 2013
죽음에 대처하는 자세

의사로부터 갑자기 시한부 인생을 선고받은 남자가 있었다. 앞으로
한 달 뒤면 죽는다는 선고. 그것도 처방할 약은 있지만 줄 수는 없
다는 기가 막힌 상황이다.

영화 〈달라스 바이어스 클럽〉은 삶과 죽음의 기로에서 근본적
인 물음을 던진다.

1980년대 미국. 전기 기술자 론은 로데오와 방탕한 생활을 즐

기는 서부의 거친 마초 남자다. 자유로운 그의 생활에 어느 날 청천
벽력 같은 소식이 날아든다. 에이즈에 걸렸다는 것이다. 의사는 앞
으로 살날이 30일밖에 남지 않았다고 한다. 론은 처방받는 치료제
또한 별로 효과가 없다는 걸 알게 된다.

미국에서는 금지되어 있는 다른 약을 복용하면 살 가능성이
있다는 사실을 안 론은 즉시 행동에 옮긴다. 이웃 나라 멕시코에서
는 합법인 약을 밀수해 시험한 것이다. 약의 효험을 알게 된 론은
병원에서 알게 된 같은 에이즈 감염자인 라이언과 '달라스 바이어
스 클럽'을 만든다. 회원제로 같은 병을 앓는 환자들에게 밀수한 약
을 몰래 판매한 것이다. 비록 불법일지언정 치료약을 손에 넣은 환
자들은 건강을 되찾기 시작한다. 처음엔 생존과 사업적인 영달이
목적이었지만 그의 밀수업은 많은 생명을 구한다. 그 행보는 그동
안 보지 못했던 다른 세계로 그를 이끈다.

영화는 존엄한 생명을 돈벌이로만 보는 의료 사업과 식약청의

검은 비리를 고발함으로써 잘못된 법 제도의 폐해와 비도덕적 행태를 비판하고 있다.

론의 행보는 퍽 인상적이다. 그는 '의사', '정식 처방'이라는 권위에 눌리지 않고, 기본적인 자기 판단, 즉 상식에 충실했다. 약이 있다는 사실에 론은 지체하지 않고 행동으로 옮긴다. 청소부에게 암거래로 약을 구하고, 국경을 넘어 불법 처방전으로 자신의 목숨을 구한다.

그는 전적으로 자기 촉을 믿고 신뢰했다. 법, 권위에 순종한 대부분의 환자들은 죽음을 맞았다. 역설적이게도 의사와 법을 무시하고 약을 구한 사람들은 살아남는다. 적어도 예상보다는 훨씬 오랜 시간을 보다 건강히 살아갈 수 있었다.

론의 생존은 편견을 깨는 고단하고 위대한 여정이었다. 불치병을 통해 론과 라이언은 친구가 된다. 평소라면 결코 있을 수 없는 기적. 마초인 이성애자 론이 트랜스젠더인 동성애자 라이언과 친구가 된 것이다. 론과 라이언은 서로를 온전히 이해할 수는 없다. 그러나 그들은 곁에 함께 있기를 실천한다. 어설프게 이해하는 척이 아니라 이해할 수 없음을 긍정하되, 같이 있어준 것이다.

그들의 진심은 다정하고 깊었다. 론은 의사의 진단보다 7년을 더 살았다. 비록 밀수업으로 시작했지만 그는 잘못된 의료법을 고치기 위해 투쟁하는 삶을 살았다. 좋아하는 로데오 경기도 계속하며, 죽음에 절망하기보다는 주어진 자기 삶에 누구보다 충실했다.

우리는 살기 위해 법과 권위를 넘어설 수 있을까?

삶에 대해 우린 얼마나 절실한가?

영화가 던지는 근본적인 물음이 가슴을 울린다.

소녀들은 기죽지 않는다 ——— 영화 〈불량 공주 모모코〉

下妻物語: Kamikaze Girls, 2004
그녀, 스타일에 목숨을 걸다

모모코는 롤리타 스타일을 좋아하는 일본의 고교생이다. 만화 〈베르사유의 장미〉에 등장하는 프랑스 로코코 시대의 드레스와 생활 양식을 동경해, 평소에도 레이스 원피스와 보닛을 쓰고 리본 달린 양산을 들고 우아하게 걷는다. 도시락도 마카롱과 쿠키를 싸가는 모모코. 학교에서는 유별난 그녀를 공주병이라 비웃고 따돌린다.

'친구 하나 없어도 롤리타스럽게 살 수만 있다면 괜찮잖아?'

모모코는 담담히 자신의 처지를 받아들인다.

그런 그녀에게 어느 날 이상한 소녀가 다가온다. 폭주족 이치코. 불량한 이치코는 차분한 모모코의 세계를 제멋대로 휘저으며 친구가 되려 한다.

두 소녀는 과연 친구가 될 수 있을까?

영화 〈불량 공주 모모코〉에는 독특한 일본의 하위문화와 사회 현상이 가득하다. 오타쿠 문화, 파친코, 폭주족 문화 그리고 집단 내 따돌림인 이지메 현상까지. 집단의식을 강조하는 일본에서 유독 특이한 비주류 문화가 활발하다는 것은 매우 역설적이다. 튀는 것을 막는 만큼 답답하다고 느끼는 사람 또한 그만큼 많다는 증거일까? 영화는 개인의 개성과 연대의 의미에 대해 진지하게 담아낸다.

아빠와 둘이 도쿄에서 풍족하게 살던 모모코. 아빠는 불법 짝퉁 의류로 부자가 되었는데, 그만 단속에 걸려 부녀는 시골 할머니 댁으로 야반도주한다. 공주 옷을 입는 건 모모코의 유일한 낙인데, 갑작스런 가난으로 이마저 어려워지고, 워낙 시골인지라 파는 옷들은 죄다 촌스럽고 멋을 내는 것도 이해받지 못한다.

모모코는 용돈을 벌기 위해 아빠가 팔다 남은 짝퉁 옷을 인터넷에서 판매한다. 이치코는 바로 첫손님이었다.

폭주족 이치코는 혼혈아다. 학교에서 혼혈이라는 이유로 지독하게 이지메를 당하고, 친구 하나 없이 울면서 괴로워했다. 그런 그녀에게 따뜻하게 손을 내밀어준 사람은 폭주족의 리더 아케미였다. 우는 대신 강하게 살라고 독려한 아케미. 이치코는 더 이상 울지 않기로 마음 먹는다. 아케미에게 반한 이치코는 그 길로 폭주족이 되기로 결심한 것이다.

조금씩 가까워지는 두 소녀에겐 사건이 생긴다. 도쿄의 옷가게에서 모모코는 자신의 우상인 디자이너 사장님과의 영광스러운 만남을 가지고, 자수 실력에 대한 칭찬도 듣는다. 자신도 모르던 재능을 발견하게 된 것이다.

한편 이치코는 파친코 가게에서 자신을 도와준 한 남자에게 반한다. 남 몰래 짝사랑을 키워가던 이치코. 그러나 그 남자는 결혼을 앞두고 있었고, 알고 보니 그 상대는 존경하는 아케미 선배였다. 잠시 갈등하지만 이치코는 사랑 대신 의리를 선택한다. 그리고 하염없이 운다.

모모코는 불량스러운 이치코에게서 의외의 모습을 발견하곤 조금씩 마음을 연다. 모모코가 보고 싶다며 언제나 달려온 이치코. 처음 모모코는 그런 그녀가 부담스러웠다. 자신이 요청하지도 않는

데, 왜 보러 오고 도와주는지 도통 이해가 되지 않았다. 모모코는 롤리타 옷만 있다면 혼자라도 상관없다고 믿었기 때문이다.

그러나 디자이너 사장님은 이치코의 존재가 얼마나 소중한지를 일깨워준다. 그동안 앞만 보고 달려와 성공은 거뒀지만, 친구 하나 없는 자신의 삶은 퍽 쓸쓸하다고. 개성을 있는 그대로 존중해주는 친구는 그만큼 드물다는 사실을 말이다.

두 소녀는 그렇게 친구가 된다. 폭주족 소녀와 공주병 소녀는 활짝 웃는다. 소녀들은 앞으로도 기죽지 않을 것이다. 든든한 친구가 함께니까.

만지고 싶은 사진 한 장 ─── 유르겐 텔러의 〈터치 미〉 전

Juergen Teller, Touch Me
제목과 사진의 관계

사진전에 가는 이유는 뭘까?

　카메라 렌즈로 잡아낸 세상은 사진작가가 보여주는 하나의 눈. 나와 다르거나 비슷한 생각을 접하기 위해 우리는 전시회에 간다. 발견 혹은 공감. 이 사람은 어떤 생각으로 세상을 바라보는 걸까?

　제목은 이러한 작가의 의도를 집약해서 알려준다. 어떻게 작품을 바라봐야 할지 방향성을 제시해주는 것이다.

유르겐 텔러JUERGEN TELLER의 전시회는 제목과 작품의 관계를 생각하게 만들었다.

유르겐 텔러. 패션 광고에 관심 있는 사람이라면 누구든 한 번쯤은 접해본 유명 사진작가다. 몇 년 전 국내에서 열린 그의 전시회는 선풍적인 인기를 끌었다. 무엇보다 'Touch Me, 나를 만져봐'라는 도발적인 제목은 사람들의 관심을 끌기에 충분했다.

기억에 남는 사진 중 하나는 〈약병들과 스테파니 세이무어〉였다. 슈퍼 모델 스테파니 세이무어STEPHANIE SEYMOUR가 약병이 가득 들어 있는 약장 옆에서 포즈를 취한 사진이다. 이 사진이 호기심을 불러일으킨 건 바로 표정 때문이었다. 우아하고 단정한 차림새에 무표정한 얼굴, 자연스럽게 내 시선은 약병 쪽으로 향했다. 약병에는 내가 알 수 없는 이름들이 쓰여 있었다. 상비약일까? 마약일까? 신경 안정제일까? 성형 재료약일까?

마침 도슨트는 설명 중이었다. 먼저 모델의 유명세를 설명하고, 이 사진은 유르겐 텔러에게 예술과 외설의 경계에 있는 중요한 작품이라고 강조했다. 그러나 그 약병들이 무슨 약인지는 설명해주지 않았다. 잊은 것 같아 물어본 내 질문에 도슨트는 당혹스러워했다. 예측하지 못한 질문이라는 듯 난처한 미소를 띨 뿐이었다.

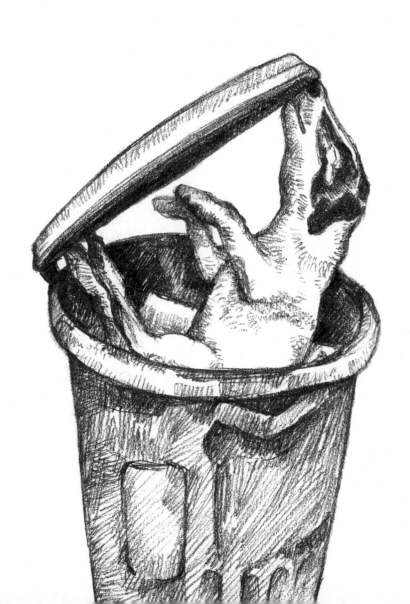

전시회의 모든 작품들은 외국어로 제목이 붙어 있었고, 한국에서의 전시인데 한글이 없는 건 선뜻 이해가 되지 않았다. 물론 한글로 제목이 적혀 있었더라도 그 약병이 무엇인지는 알 수 없었을 것이다. 두툼한 도록에는 상세히 설명이 되어 있었겠지만 어쩐지 도록을 찾아 확인하고 싶은 마음은 사라졌다.

유르겐 텔러가 배우 샬럿 램플링CHARLOTTE RAMPLING과 함께 찍은 그랜드피아노 사진은 가장 흥미로웠다. 제목과는 별개로, 이미 사진만으로 하고 싶은 이야기를 다 전하고 있었다. 드레스를 입고 고상하게 피아노를 연주하는 램플링. 그 피아노 위에 벌러덩 누워 자신의 성기와 항문을 한껏 노출한 유르겐 텔러. 마치 여자는 악기로, 남자는 몸으로 연주를 겨루는 듯 보였다.

예술의 정점을 이루는 방에서 우아한 피아니스트의 표정과 우스꽝스러운 엉덩이의 조화! 둘 다 엄연히 공존하는 인간의 세상인데 이토록 어색하게 느껴질 줄이야!

재미있고 인상적이었다. 그러나 만져보라는 사진작가의 유혹이 너무나 강렬하고 노골적이어서 딱히 만지고 싶진 않았다.

관람객들은 과연 어떤 사진을 만지고 싶었을까?

내가 만져보고 싶었던 사진은 작은 개의 사진이었다. 버려지길 거부하듯 쓰레기 뚜껑에 아슬아슬하게 주둥이와 발을 댄 채 버티고 있던 작은 개. 놀랍게도 제목은 〈얼어 죽어 쓰레기통에 버려진 개〉였다.

죽은 개라니! 제목을 몰랐다면 살아 있다고 착각할 만큼 사진 속의 개는 생생했다.

무심하게도 죽음을 알아보지 못했다는 충격은 빳빳이 굳어 쓰레기처럼 버려진 개의 처지를 더욱 도드라지게 했다. 안쓰럽고 미안한 마음에 나도 모르게 쓰다듬어주고 싶어졌다.

춥고 추운 세상, 온기 어린 손길을 갈구하는 힘 있는 작은 사진.

비로소 유르겐 텔러가 가깝게 다가온 순간이었다.

다시 시작할 수 있는 힘 ── 영화 〈그레이트 뷰티〉

The Great Beauty, 2013
아름다움을 찾아 떠난 여정의 끝

내가 느끼는 아름다움은 세계를 깨달으면서 시작됐다. 나를 둘러싼, 내가 아닌 모든 것들에 대한 인식. 아름다움은 내가 미처 깨닫지 못하는 세계에서 온다. 그 세계를 둘러싼 흔적이 반짝일 때도 불현듯 다가온다.

사람마다 아름다움을 느끼는 지점은 각기 다를 것이다. 그것은 태어나서 자신이 걷는 족적에 따라 모두 다르리라. 파울로 소렌티

노 PAOLO SORRENTINO 감독의 영화 〈그레이트 뷰티〉는 우리가 느끼고 있는 아름다움이 무엇인지 물어온다.

소설가 잽은 명실공히 로마 최고의 명사다. 40년 전 쓴 소설 한 권이 세계적인 베스트셀러가 되어 젊은 시절 이미 막대한 부와 명성을 한꺼번에 거머쥐었다. 그러나 그 소설은 그가 쓴 처음이자 마지막 소설이었다.

사교계의 왕인 그는 이제 예순다섯 살이 되었다. 뛰어난 예술평론가이기도 한 잽은 평생의 여정을 뒤돌아본다. 많은 사람들과의 만남과 예술을 통해 그는 위대한 아름다움을 찾고자 했다. 그동안 아름다움을 둘러싼 사람들의 허세, 욕망, 기만은 그를 실망시켰다. 그러나 세상의 크고 작은 아름다움은 지금도 그를 감동시킨다.

그가 발견한 위대한 아름다움은 어디에 있을까? 혹시 이미 찾았던 건 아닐까?

오랜 시간의 탐구였지만 그는 여전히 혼란스럽다.

백네 살의 성직자 마리아 수녀와의 만남은 잽을 새로운 깨달음으로 이끈다. '기적의 성인'으로 세계적으로 명성이 자자한 마리아 수녀. 가톨릭교회를 위시한 상류층 사교계는 그녀를 서로 초대하려 한다. 그러나 그들은 그녀의 신심에는 정작 관심이 없다.

허영 가득한 기득권들의 화려한 저녁 식사. 초대받은 마리아 수녀는 아무 말이 없다. 식사도 대화도 일절 거부하던 그녀는 잠시 후 청빈한 예수의 삶만을 짧게 말한다. 일순 사람들은 부끄러움을 느낀다.

잽은 이 이상한 손님에 대해 의심이 간다. 기적이 진짜일까? 혹시 사이비가 아닐까? 그러나 잽은 기적을 목도한다. 그 위대함은 잽을 뒤흔든다.

자신을 욕 보이건 숭상하건, 세상의 흔들림과 상관없이 그녀는 그저 자신의 길을 묵묵히 걸어왔다. 죽음을 앞둔 노쇠한 무릎으로 마리아 수녀는 성당의 계단을 힘겹게 오른다. 평생 아무도 모르게 홀로 계속해온 여정은 아름다웠다.

마리아 수녀는 잽에게 묻는다. 지금으로부터 40년 전 예순네 살이던 마리아 수녀는 스물다섯 살 청년 잽의 책을 읽었었다. 이제 예순다섯 살이 된 잽에게 왜 다음 책을 쓰지 않았느냐고 묻는다. 잽은 대답한다. 지난 40년 동안 위대한 아름다움을 발견하고 싶어서 다음 책을 쓸 수 없었노라고.

문득 잽은 20대의 자신이 떠오른다. 첫사랑인 그녀와의 시간. 자신을 버리고 다른 남자와 결혼한 그녀. 이젠 죽고 없는 그녀. 그녀는 온전히 자신만의 것이 될 수 없는 잽을 떠났다. 그리고 세상으로 떠나온 잽은 소설을 썼다. 잽은 가만히 눈을 감는다. 40년이 지났지만 여전히 그녀의 아름다움은 마음속에서 생생하게 되살아난다. 어쩐지 그는 새로운 책을 쓸 수 있을 것 같다. 그가 만난 사람은 저마다 각기 다른 아름다움을 지녔다.

　　잽이 발견한 위대한 아름다움은 뭘까?

　　다시 시작할 수 있게 하는 힘이야말로 아름다움이 가진 위대
함은 아닐까?

그림으로 기도하는 작가를 위한 공간

———— 〈마크 로스코〉 전

Marcus Rothkowitz
예술 작품과 장치의 관계

추상화를 썩 좋아하지 않는다. 내 마음을 끄는 추상화는 이브 클랭 YVES KLEIN이 유일했다. 이유는 푸르기 때문이다. 좋아하는 푸른색을 원 없이 볼 수 있다는 단순한 이유. 개인적으로 구상화가 편한 것은 적어도 뭘 그렸는지, 정체가 뭔지 알 수 있어서였다. 비구상화에 대한 불신은 이해할 수 없다는 거리감 때문이다. 그냥 그림 그 자체로 봐도 될 텐데, 어쩐지 예비 지식이 반드시 필요하다는 선입견 말이다. 이해할 수 없다는 거리감을 걷어내면 비로소 그 그림을 볼 자세를 갖췄다는 말이기도 할 것이다.

어느 순간 이브 클랭의 단순함이 내 마음을 편하게 함을 깨달은 이후로 비구상화에 대한 거리감은 조금씩 누그러졌다.

메르스 여파가 한창이던 봄, 예술의 전당에서 대규모의 마크 로스코 전이 열렸다. 진즉에 가고 싶었지만 끝나갈 무렵에 가게 된 이유는 스티브 잡스를 전면에 내세운 마케팅이 불편했기 때문이다.

천재 스티브 잡스가 좋아하는 바로 그 화가!

우리 아이들에게도 천재의 영감을! 세계에서 가장 비싼 그림!

부모들의 열정이나 마케팅에 충실한 미술관측 생리를 모르는 바는 아니지만 불편했다. 자기 그림을 통해 명상을 원하는 화가 로스코에게 잔인하다는 느낌이 들었다.

내 마음을 끄는 그림은 어두운 검은 기둥, 짙은 어둠으로 안내하는 모노리스였다. 그저 검은색이 가득 칠해진 거대한 화폭. 희고 어둑한 방 안에 걸린 큰 그림에 내 시선은 못 박힌 듯 쉽게 떠나질 못했다. 어째서 사람들이 마크 로스코의 그림에 매료되는지 이해할 것 같았다.

마크 로스코는 까다로운 화가였다고 한다. 최선의 감상이 가능하도록 최적화된 공간을 요구했다. 자신의 그림을 통해 전달하고자 하는 바를 보는 이에게 온전하게 전달하고자 욕심을 부렸다. 이른바 '로스코 채플'이라는 명상의 공간을 만들었던 것도 그런 이유에서였다. 그가 원했던 까다로운 장치들은, 그림 속으로 관람객의 마음이 들어갈 공간을 위한 배려였던 것이다.

그러나 내가 본 전시회는 고요한 배려가 느껴지기보다는 슬픔이 더 크게 와 닿았다. 많은 사람들이 북적이는 좁은 공간에 어설프게 잔뜩 걸린 그림들. 기도할 수 없는 성전이었다.

예술 작품과 장치는 감동과 어떤 관계가 있을까? 그림은 그 자체로 힘이 있어야 할 것이다. 설령 미흡한 전시 공간에 있다 하더라도 명작이라면 빛을 발해야 하지 않을까?

그러나 그림의 감동을 극대화시키려면 그 그림에 걸맞은 전시 공간 또한 필요하지 않을까?

몇 년 전 리움 미술관에서 본 스기모토 히로시杉本博司의 작품이 떠오른다. 우리나라 바다를 찍은 연작 사진들이었다. 바다를 찍은 파노라마 흑백 사진들은 마크 로스코의 검은 기둥과 비슷한 느낌이었다. 어두운 방에는 오직 작품과 나만 있었다. 30분간 가만히 전시장에 앉아 있었다.

어느 순간, 낯설지만 결코 낯설지 않은 바다가 나를 보고 있었다. 고요한 가운데 흑과 백 그리고 나. 로스코가 원했던 명상은 이런 것이었으리라.

기회가 된다면 다시 한 번 로스코의 그림을 보고 싶다.

온전히 기도할 수 있는 조용한 방에서.

같이 지금 모습 이대로 ─── 영화 〈시스터〉

L'enfant d'en haut Sister, 2011
두 남매의 가슴 시린 비밀

바나나 농장 다큐멘터리에서 본 인터뷰가 생각난다. 바나나를 따는
노동자는 정작 가장 양질의 바나나는 먹어보지 못했다는 말. 초콜
릿도 커피도 누군가에겐 그저 기호품이지만 또 다른 누군가에겐 노
동의 깊은 사연이 숨어 있다. 어쩌면 크리스마스는 썰매를 끄는 루
돌프에게 가장 우울한 날일지도 모르겠다. 영화 〈시스터〉의 소년
시몽에게도 비슷한 사연이 있다.

아름다운 알프스의 스키 리조트. 그 아랫마을 허름한 공영 아파트에서 누나와 단둘이 사는 열두 살 시몽. 시몽은 케이블카를 타고 올라가 관광객들의 옷가지, 가방, 스키 용품을 몰래 훔치고 이를 되팔아 근근이 살아간다. 누나 루이는 동생에게서 용돈을 챙겨 남자 친구와 놀러 나가 버린다.

스키 리조트에는 즐거움을 찾아 놀러온 가족, 연인, 친구들로 가득하다. 시몽도 손님인 척 하릴없이 스키장을 떠돌지만 어쩐지 고달프다. 부쩍 외로움을 타는 시몽은 따뜻하게 말을 건네는 영국인 아줌마를 만나게 되고, 엄마가 그리운 소년은 그녀의 주위를 맴돌며 그녀의 가족들을 부러워한다. 그러나 시몽의 도둑질이 탄로 나면서 위기에 처하고, 예상치 못한 소년의 비밀이 밝혀진다.

여느 관광지처럼 크리스마스 특수를 맞아 놀러온 관광객들에게 알프스는 최고의 휴양지다. 하지만 현지인, 그것도 물건을 훔쳐 살아가는 소년에게 그곳은 먹고사는 치열한 현장일 뿐이다. 열심히 훔친 스키 장비의 성능을 일일이 꿰고 있는 시몽이 정작 스키를 탈 줄 모른다는 진실은 퍽 부조리하다.

애증의 관계인 누나와 동생. 외로운 소년은 철없는 누나에게 돈을 주어서라도 사랑을 얻고 싶다. 애걸복걸해서라도 겨우 누나의 체온을 느껴보려는 동생의 마음은 아프다. 자기 앞의 어려운 숙제를 치우지도 풀지도 못한 채 어정쩡하게 멈춰버린, 어린 누나의 마음도 아프기만 하다.

가끔 가족은 풀지 못할 숙제 같다는 생각이 든다. 겉보기엔 잘 지내는 것처럼 보여도 말 못할 사연들이 숨어 있어 차라리 남들만 못한 가족도 많으니까. 아무 문제없이 행복한 가족이란 건 광고에서나 볼 수 있지 않을까? 사람들 모두가 잘 지낸다면, 광고에서 화목한 가족상을 군이 보여줄 필요가 있을까?

비참해진 시몽을 맞이하러 온 루이. 울건 웃건 변함없이 아름다운 알프스 자연처럼 둘의 삶은 여전히 답답하고 한심하다. 그래도 시몽과 루이는 내려오는 케이블카에서 실없이 웃는다. 어쨌든 같이 있는 지금 이대로 좋은 것이다.

흘러간 시간 속에서 청춘을 꿈꾸다

──── 영화 〈클라우즈 오브 실스마리아〉

Clouds of Sils Maria, 2014
오만한 청춘도 언젠가는 늙는다!

마흔 살의 배우가 스무 살의 배우를 부러워하고 질투하는 것은, 그 자신이 스무 살일 적에는 굳이 생각해보지 않았을 감정이다. 그동 안 미처 깨닫지 못했던 나의 과거는 새롭게 살아나, 현재에 고스란 히 영향을 미친다. 아름다운 스위스 '실스마리아' 산의 구름은 그 때처럼 변함없이 흐른다.

세 명의 여자가 있다. 최고의 배우이지만 전성기를 지나 이제

막 40대에 접어든 마리아, 배우 마리아를 뒤에서 물심양면 돌보는 매니저 발렌틴, 혜성같이 등장해 각광받기 시작한 스무 살 할리우드 스타인 조앤. 마리아는 20년 전 자신을 스타로 만들어준 영화의 리메이크 연극에 출연을 제안받고 고민한다.

옛날 마리아가 맡았던 배역은 당돌하고 매력적인 20대의 악녀 '시그리드.' 시그리드는 자신을 사랑하는 40대의 상사 '헬레나'를 유혹하고 모든 것을 빼앗은 뒤 죽음으로 몰고 갔다. 문제는 리메이크 연극에서 제안받은 역할이 다름 아닌 헬레나라는 것.

20년의 세월을 뒤돌아볼 기로에 선 마리아는 앞만 보고 열심히 달려왔지만 어느덧 스포트라이트에서 밀려나 나이 듦을 인정해야 하는 자신의 처지가 어색하고 난감하기만 하다. 새로운 시그리드를 연기할 할리우드 스타 조앤을 만난 순간, 마리아는 흔들린다. 조앤의 젊음과 아름다움이 부럽고 질투난다. 더구나 어린 조앤에게서 그동안 미처 깨닫지 못한 20년 전 자신의 과오들을 고스란히 발견한 마리아는 점점 당혹스러워진다.

흔들리는 마리아를 잡아주는 사람은 매니저 발렌틴이다. 발렌틴은 이제는 마리아가 스타로서의 집착을 벗어나 중견 배우로서 새롭게 성장하기를 진심으로 응원한다. 마리아에겐 내려놓을 줄 아는

용기의 첫 무대, 연극의 막이 오른다.

삶의 등반의 시작이 스무 살이라면, 긴 등반을 마치고 이제 내려가야 하는 마흔 살의 마음가짐은 응당 다를 것이다. 아니 달라져야 할 것이다. 내리막길이 버거운 누군가는 산꼭대기에서 영원히 잠들어버리거나, 내려가느니 한 번에 뛰어내리기도 할 것이다.

드물게도 누군가는 이미 정복한 산을 내려온 뒤, 또 다른 산을 발견하고서 새로운 등반을 시작하지 않을까?

영화의 마지막에 요한 파헬벨의 〈캐논〉이 흐른다. 100년 전 기록 영상에 담긴 '실스마리아 산.' 100년 전에도 사람들은 아름다운 풍광에 감탄했을 것이다. 산을 둘러싼 구름은 세월을 뛰어넘어 끊임없이 변주되고 되풀이된다.

성냥 한 개비에 태운 외로움 ── 오노 요코라는 예술가

Cut Piece by Ono Yoko, 1965
존 레논의 아내라는 타이틀보다 더 강렬한 예술의 힘

한 여성이 무대에서 갑자기 옷가지에 걸려 엎어진다. 평범한 스커트와 블라우스 차림. 무대 정중앙에 가지런히 다리를 모은 채 무릎을 꿇고 앉은 여성 옆엔 가위가 놓여 있다. 관객들은 침묵을 지킨 채 한 사람 한 사람 무대에 올라 자기가 잘라내고 싶은 만큼 여성의 옷을 가위로 자른다. 블라우스에서 속옷 차림으로, 속옷 차림에서 발가벗겨진 육체만 남을 때까지.

그녀는 담담하지만 무언가 모를 불안을 삼킨 표정이다. 그녀를 지켜보고 행위에 참여하는 관객들도 마찬가지 표정을 하고 있다. 길면 길고 짧으면 짧은 그 시간, 나 역시 적잖게 불편했다.

무방비의 한 개인이 여럿이 지켜보는 가운데 노출되고 철저히 한 대상으로 발가벗겨진다는 설정. 묵묵히 그 폭력적인 시간을 참아내는 예술가의 표정이 쉽게 잊히지 않는다.

오노 요코ONO YOKO의 행위 예술 〈조각내기〉였다. 1960년대 플럭서스FLUXUS 미술 그룹의 일원이었던 오노 요코는 사르트르의 실존주의 철학에 영향을 받아 자신의 이상을 성취하기 위해 부단히 노력해온 예술가였다.

전설적인 영국 록밴드 비틀스의 멤버인 존 레논JOHN LENNON의 일본계 부인. 그것이 대중이 알고 있는 오노 요코라는 인물에 대한 가장 잘 알려진 정보다. 길고 칠흑 같은 머리칼을 가진 그녀는 기이한 분위기를 풍겼다. 유명인의 부인이라는 타이틀을 업고 활동한 예술가라는 선입견이 유일할 뿐, 딱히 관심을 끌 무엇도 없었다. 우연찮게 미술관에서 오노 요코의 개인전 〈YES〉를 보기 전까지는.

신기한 일이었다. 그녀의 작품들은 어렵지 않았다. 설치물과 필름을 통해 나는 작가가 무얼 말하고자 하는지 자연스레 이해할

수 있었다. 차분하지만 강하게 전달되는 목소리, 'YES'라 말하는 긍정의 목소리. 〈조각내기〉도 그중 하나였다.

현대 미술 중 개념 미술, 특히 전위예술이라 부르는 아방가르드 AVANT-GARDE 한 작품들은 보통 난해하다. 작가의 의도 자체가 낯선 시도를 통해 질문과 답변을 전달하는 것이기 때문이다. 기존 방식에 익숙한 관람객으로서는 그 틀을 벗어난다는 것은 불편한 경험일 수 있다. 전위예술은 작품을 보는 관객에게도 적극적으로 함께 참여할 것을 요구한다. 이미 완성된 작품을 수동적으로 보기만 하던 관객에게 정형화된 어떤 틀에도 담을 수 없는 작품은 당황스럽게 여겨진다. 그럼에도 불구하고 예술가와 관객이 서로의 경계를 넘어 소통할 수만 있다면, 그 작품은 충분히 가치 있다. 오노 요코의 작품을 보고 내게 들린 그녀의 목소리. 이 목소리를 전하기 위해 그녀는 얼마나 깊이 고민했을까?

서구 사회에서 아시아 여성이 예술가로서 살아남는다는 것, 게다가 유명인의 부인이라는 양날의 검은 얼마나 버거웠을까? 문득 너무나 힘이 들고 지쳐서 외로울 적에 홀로 성냥을 태웠다던 오노 요코의 말이 떠오른다. 그녀는 성냥 한 개비에 불을 붙이고 끝까지 타들어가도록 가만히 쳐다보았을 것이다. 그 후로 나도 고통스러울 때 종종 성냥 한 개비를 태운다. 스스로를 응원하는 작지만 큰 종교. 고통받았던 사람만이 건넬 수 있는 진솔한 위로. 그것이 내가 오노 요코라는 예술가에게서 받은 선물이다.

5억 명의 보이지 않는 친구보다
손 잡아주는 한 명의 친구를 ——— 영화 〈소셜 네크워크〉

The Social Network, 2010
당신이 어디에 있든, 누구와도 친구가 될 수 있다!

철학자 니체는 친구 관계에 대해 이렇게 말한다.

"특별히 다른 사람과 친밀해지려고 애쓰는 사람은 대개 다른 사람의 신뢰를 얻고 있다는 확신을 갖지 못하는 사람이다. 충분한 신뢰를 받고 있는 사람은 친밀하다는 것을 그리 대단하게 생각하지 않는다."

친구란 무엇일까?

오늘날 우린 SNS 덕분에 그 어느 때보다 많은 친구를 사귀게 되었다. 그러나 역설적으로 우린 친구가 드물어진 시대에 살고 있다. 페이스북의 영향으로 우리는 '친구'라는 존재에 대해 다시 생각하게 되었다.

영화 〈소셜 네트워크〉는 페이스북의 창시자 마크 주커버그^{MARK} ELLIOT ZUCKERBERG의 이야기를 다룬다. 평범한 대학생에서 일약 세계 최고의 영향력 있는 그룹 CEO가 된 주커버그. 영화는 여자 친구에게 차인 주커버그의 상처가 페이스북 탄생 동기라고 말한다. 더불어 상류층 자제들을 이겨보려는 평민의 반골 심리도 한몫했다.

하버드 교내에는 소위 명문가의 자제들만이 초대받을 수 있는 사교 모임이 존재한다. 아무리 바깥세상에서는 자긍심 강하고 똑똑한 명문 하버드 대학생이라 해도 유태인에 평범한 집안 출신인 그로서는 교내 고급 사교 커뮤니티에는 어림없었다.

'고급 사교 커뮤니티보다 더 영향력 있고 거대한 사교 커뮤니티를 만들자. 그리고 그걸 그들에게 보여주자!'

그러나 마크의 동기는 어쩐지 모호하다. 그는 고급 사교 커뮤니티에 대항하는 행동을 하지만, 그 모임에 들어가고 싶어 하는 것처럼도 보인다. 명예욕과 사랑, 이것이 그의 동기였다.

영화는 이렇듯 지극히 개인적인 작은 시작이 어떻게 거대한 성공으로 이어지는지 그리고 그 성공에서 무엇을 얻고 무엇을 잃었는지를 추적한다.

요령도 인기도 없는 외골수 공대생 주커버그. 그는 자기애가 지극히 강하고 타인에 대한 배려심이 부족해 여자 친구에게 차인다. 그건 친구에 대해서도 마찬가지다. 그러나 그 점은 사업에서는 상당한 장점으로 작용한다. 대단한 성공을 거둬 부와 명예를 한 몸에 안은 주커버그는 그 대가로 친구들을 잃는다. 아니 친구들을 등진 대가로 얻게 된 뼈아픈 성공이다.

오늘날 친구 만들기만큼 쉬운 건 없다. 온라인 상엔 커뮤니티가 가득하고 마음만 먹는다면 여기저기 유명인들의 사생활도 클릭

한 번으로 엿볼 수 있다. 운이 좋다면 그들의 온라인 '친구'가 되는 행운도 누릴 수 있다.

그러나 온라인이건 오프라인이건 간편해진 만큼 진짜 관계는 더 어려워진 느낌이다.

마크 주커버그는 친구 관계의 신세계를 만들었다. 그러나 아무리 페이스북이 세계적인 영향력을 가지고 있다 해도, 교내 고급 사교 커뮤니티 또한 건재하다. 선택받은 금수저들만의 우정, 그들만의 친구 관계는 변함없는 것이다. 성공한 주커버그는 이제 교내 고급 사교 커뮤니티에 어울리는 사람이 되었다.

영화의 마지막은 주커버그가 헤어진 전 여자 친구의 페이스북 계정을 들여다보는 것으로 끝난다. 그는 한참을 물끄러미 쳐다보며

그녀에게 '친구' 신청을 할지 말지 고민한다. 엔지니어니까 그녀의 사생활을 훔쳐보는 것쯤 문제도 아니겠지만, 그가 원했던 것은 그녀와의 진짜 관계였다.

'그녀가 과연 나를 친구로 받아들여줄까?'

온라인 상의 클릭은 오프라인으로의 실낱같은 희망을 담는 듯 보였다.

그가 원하는 '친구'는 어떤 친구였을까?

한참을 고민하고 또 고민하는 그의 모습은 '친구'란 무엇인지 여실히 보여준다. 세계 5억 명의 친구를 가진 그이지만, 진짜 친구 한 명의 팔로우는 그만큼 어렵다는 역설. 적어도 그가 그녀에게 원했던 것은 진심 없이 습관적인 '좋아요' 클릭은 아니었던 셈이다.

세계를 바꾼 세 명의 천재가 떠오른다.

스티브 잡스, 빌 게이츠, 마크 주커버그.

그러고 보니 영향력 있는 IT 천재 중 잘 알려진 여성은 없는 것 같다. 영화 〈소셜 네트워크〉는 여자에게 잘 보이고 싶은 남자의 본능이 창조의 한 동기라고 말한다.

그렇다면 여성의 창조 동기는 뭘까?

여성이 만들어낼 IT 세계는 과연 어떤 모습일까?

언제나 당당하게, 나답게

───── 킴 카다시안의 용감무쌍한 엉덩이

Kim Kardashian on the front page of Paper, Winter 2014
육체를 보는 방식, 보여주는 방식

해외 토픽 뉴스에서 킴 카다시안의 잡지 표지 사진을 보고 깜짝 놀랐다. 오일을 발라 번들거리는 무섭도록 희극적인 엉덩이 사진에 놀라고, 유명하고 부자인 그녀가 굳이 저렇게까지 몸을 노출하는 의도가 의아했기 때문이다.

킴 카다시안, 막대한 부를 자랑하는 집안의 딸. 리얼리티쇼의 스타이자 뮤지션 카니예 웨스트KANYE WEST의 뮤즈인 그녀는 명실공히 미국 연예계의 이슈 메이커다. 외모 지상주의가 지배하는 현대, 젊고 아름다운 육체는 하나의 권력이고, 매력은 어느새 현대인이 갖춰야 하는 공공연한 미덕이자 자본이 되었다. 킴 카다시안은 매력을 통해 자신의 아이콘화에 성공한 스타다. 그녀는 주어진 삶에만 만족하지 않고, 자신의 매력을 사업으로 연결시켜 새롭게 부를 창출한 야심차고 부지런한 사람이다.

한 병의 와인을 연상시키는 그녀의 누드 사진은 엉덩이를 한껏 뒤로 내밀어 실제보다 과장되었다. 원래 큰 엉덩이지만, '맞아, 나 이렇게 커!'라며 노골적으로 드러낸 것이다. 사실 이런 누드 사진은 그녀의 명성이 아니었다면 화제가 되지도 않았을 터.

그의 파격성은 큰 몸매에 있다.

킴 카다시안은 레드카펫 등 공식 장소에서 소위 명품 옷을 그녀 나름대로 근사하게 소화해내 화제가 되고 있다. 키 170-180센티미터, 44사이즈의 여성 모델들이 소화해내는 명품 의상들. 킴 카다시안은 159센티미터의 작은 키에 77사이즈. 런웨이 모델과 비교한다면 터무니없을 만큼 뚱뚱한 몸매다.

패션 모델은 옷을 돋보이게 하고 사게 하기 위해 사람들을 유혹하는 전문인이다. 그들의 몸매는 패션 산업을 위해 최적화된 몸

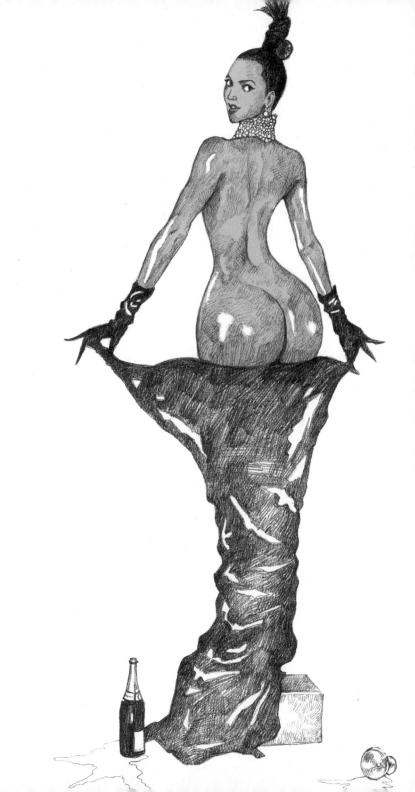

으로 보통 사람이 그들처럼 옷을 소화해내기 어려운 건 당연하다.

킴 카다시안은 '같은 옷이지만 이런 식으로 입어도 괜찮잖아?' 라는 듯 시침 뚝 떼고 자신만만하게 포즈를 취한다. 도도한 표정의 그녀는 드레스의 가슴 부분이나 허벅지 부분이 끼거나 밀려 올라가도 개의치 않는다. 누드이든 패셔니스타이든 그녀의 행보가 눈에 띄는 이유는, 이렇듯 그녀가 비교적 '뚱뚱'해서이기도 하다.

'풍만하다'와 '뚱뚱하다'의 차이는 뭘까?

타인에게 매력적으로 느껴지고, 스스로 자신감이 느껴진다면 풍만하고 글래머러스. 타인에게 그다지 매력적이지 않고, 스스로 열등감이 느껴진다면 뚱뚱한 걸까? 아무리 용감한 킴 카다시안이라도 부유한 상속녀 출신이라는 배경이 아니었다면, 당당하게 몸매를 자랑할 수 있었을까?

사실 킴 카다시안은 연예인으로서는 좀 뚱뚱할지 몰라도 일반인으로서 그녀의 몸매는 매력적이다. 큰 가슴, 적당히 살찐 허벅지는 아름답고 건강해 보인다. 그녀는 흔히 거리에서 볼 수 있는 보통 여성 같기에 더욱 매력적이다.

여성이 쓰는 여성혐오

———— 퍼트리샤 하이스미스의 단편집『완벽주의자』

Little Tales of Misogyny, 1974
20세기의 에드거 앨런 포가 보여주는 인간 심리의 어두움

여성 작가가 쓴 책을 많이 읽지 못했다. 책을 많이 읽지 않은 편이
고 그나마 관심 분야에 치우쳐 독서를 해왔으니 큰 문제가 아닐지
도 모른다. 그러나 버지니아 울프^{VIRGINIA WOOLF}가 쓴 책『자기만의 방
A ROOM OF ONES OWN』을 읽은 후로는 조금 생각이 바뀌었다.

    20세기 초 영국의 여성 작가 버지니아 울프는 여성들에게 이
렇게 말했다. 경제력을 가질 것, 자기만의 방을 가질 것 그리고 책

을 쓸 것. 세계의 절반은 여성이지만 정작 여성들의 역사가 알려진 시기는 채 100년이 되지 않았다. 그동안 인류의 역사는 남성의 시선으로만 치우쳐 쓰였으므로, 여성의 책 쓰기란 세계의 균형과 성숙함을 위해 시급하고도 요원한 과제임을 강조한다. 다소 부족하더라도 장르에 상관없이, 여성의 시선으로 그려지는 세상을 드러내고 또 드러내길 촉구했다. 울프가 말하는 '여성의 책'이란 사회 각 분야로 진출하는 여성들의 활동과 다양한 목소리의 상징이었다.

각 나라마다 사정은 다르겠지만, 21세기 현대의 많은 여성들은 울프와 같은 선구자들의 노력을 통해 지금과 같은 권리를 얻어온 셈이다.

단편 소설집 『완벽주의자』. 여성 작가 퍼트리샤 하이스미스 PATRICIA HIGHSMITH가 쓴 이 책은 불편했다. '여성혐오에 대한 짧은 글들'이란 소제목은 호기심과 불쾌함을 동시에 느끼게 했기 때문이다. 여성이 쓰는 여성혐오라니!

'혐오'라는 단어는 '경멸'과 더불어, '긍지'라는 개념을 아는 사람이 아니면 잘 쓰지 않는 말이다. 요즘 심심찮게 들려오는 여성혐오에 대한 화두는 늘 있어왔던지라 새삼스럽지는 않다. 다만 그만큼의 긍지를 깨닫고 사회적 순기능을 위해 행하는 혐오인지는 좀 궁금해진다.

낯선 이름의 작가 하이스미스는 알고 보니 유명한 범죄소설 『리플리』 시리즈의 작가였다. 거짓말을 밥 먹듯이 하는 사람을 지칭하는 '리플리 증후군'의 어원이 된 소설 『리플리』. 작품의 명성에 비해서는 비교적 덜 알려진 셈이다.

책은 기대했던 것보다 훨씬 재미있었다. 역시나 혐오스러운 여성들의 단면이 잘 묘사되어 있었다. 통쾌하고 짜증나고 안쓰러우며, 한편으론 내 야비한 속내를 들킨 기분이어서 불편했다. 그러나 그에 못지않게 혐오스러운 남성들이 등장하고, 이는 궁극적으로 혐오스러운 인간들을 낳은 사회 전반에 대한 숨은 비판으로 이어졌다.

사진을 보면 그 사람의 정체성이 엿보이는 경우가 있다. 날카롭게 상대방의 심중을 꿰뚫는 서늘한 눈빛의 작가는, 가슴속 긍지를 지니고 치열하게 존재감을 드러내기 위해 노력했던 사람임에 틀림없었다. 실존주의자였던 하이스미스는 자기 실존을 스스로 결정짓고 뚜렷한 목적의식에 맞춰서 살았다. 사회에 대한 실망, 분노, 인간에 대한 안타까움을 블랙 유머라는 문학의 힘을 빌려 드러내고자 했다. 위악僞惡의 악동은 저열한 인간 군상을 보여줌으로써 반면교사적인 비판으로 나아간다. 즉 저런 사람은 되지 말아야지 하는 마음 그리고 왜 저렇게 될 수밖에 없었는지의 사회적 모순과 병폐를 자연스럽게 깨닫도록 만든다.

그녀가 그려낸 1950-1970년대 미국의 일상과 2016년 한국의 일상은 낯설고 먼 시공임에도 공감할 만한 내용이 참 많다.

그래서 이 책이 고맙고 한편으로는 씁쓸해진다.

타인의 시선을 이겨낸 나다움

———— 벤저민 폭스의 사진 〈도쿄 로커빌리들〉

rockabilly
: a kind of fast rock music which developed in the southern United States in the 1950s.
취향을 지킬 자신이 있습니까?

오래전 일본 도쿄 하라주쿠 거리에 놀러 갔을 때가 생각난다. 주말
이면 사람으로 북적이는 광장 곳곳에 이것저것 재미있는 모습들을
볼 수 있었다. 그중 기억에 남는 한 무리는 검정 가죽 재킷에 오토
바이를 타고 몰려와 춤을 추는 젊은 남자들이었다.

마치 1950년대 미국 록앤드롤 문화를 담아낸 뮤지컬 〈그리스〉
에서 막 튀어나온 듯한 모습들. 머리는 잔뜩 포마드를 발라 리젠트

스타일로 빗어 넘기고 문신으로 가득 채워진 팔과 등을 지닌 그들은 휴대용 턴테이블이나 카세트를 가져와 로커빌리^{ROCKABILLY} 음악에 맞춰 트위스트 춤을 췄다.

그들이 인상적이었던 이유는 미국에서도 옛날 대중문화인 로커빌리를 일본인이 그대로 재현했기 때문이다. 최근 한 장의 사진을 봤다. 일본에서 활동 중인 캐나다 사진작가 벤저민 폭스가 찍은 사진. 하라주쿠 공원에서 춤을 추는 로커빌리들. 바로 그들이었다.

그런데 그들은 적어도 중장년층 이상의 로커빌리들! 나이가 들어서도 그들은 여전히 춤을 추고 있었다.

1970년이건 2016년이건 로커빌리는 시대착오적이다. 그렇지만 장르만의 독특한 매력이 있다. 우리나라에도 락타이거즈라는 멋진 로커빌리 밴드가 있다.

내가 도쿄 로커빌리들의 사진에 놀란 건 나이가 들어서도 주말이면 광장에 나와 어김없이 음악에 맞춰 춤을 춰온 그들의 자세였다.

젊은 시절에는 취향의 선택이 폭넓다. 다수가 좋아하는 최신 유행이건 소수만의 특이 취향이건 마음껏 누리고 추종할 수 있다. 나를 표현한다는 게 즐겁다는 이유만으로 공감대를 형성하고 교류하고 친구가 되기도 한다. 그러나 어느 순간 하나둘 자신의 취향에서 멀어진다. 아이돌과 팬덤 문화가 그 예다.

　한 아이돌 그룹을 좋아했었다. 그런데 어느 순간 그들이 나이가 들어 '졸업'이란 이름으로 기획사로부터 은퇴를 종용받고 해체되었을 때 난 꽤 충격을 받았다. 멤버의 나이는 고작 스물셋에서 스물다섯 살이었다. 한창인 나이였지만 예전에 비해 인기가 떨어지고, 10대들이 주요 팬층인 아이돌 음악 시장에서는 이미 노령이었던 것이다. 그런데 그 이후로도 오랫동안 아주 소수의 팬클럽 회원들은 여전히 그들을 지지하고 있었다. 함께 나이 들고, 이미 유행에서 한참 멀어져 잊혔지만 그들은 그때의 추억을 공유한다는 이유만으로 관심의 끈을 놓지 않았다.

나이가 든다는 건 현실의 잣대에서 결코 자유로울 수 없다는 뜻일 것이다. 스스로 흥미가 떨어져 더 이상 그 취미를 향유하기 싫다면 상관없다. 그렇지만 아무리 좋아한다고 해도, 세상은 우리가 많은 것을 그대로 계속 좋아하도록 내버려두지 않는다. 강제 해체된 아이돌 그룹이 그것이고, 30대가 되면 들어서기 멋쩍어지는 클럽이 그렇다.

도쿄의 로커빌리들. 아저씨, 할아버지들은 신선한 충격이었다.

그들은 뭘 먹고살까? 왜 저러고 있을까? 어떻게 저럴 수 있을까? 문득 나도 모르게 보편적인 일반의 기준으로 그들을 평가하는 자신을 발견한다.

한때는 젊고 빛났을 모습들, 잔뜩 문신을 한 그들의 육신은 늙고 쇄락했다. 그러나 어쩐지 존경심이 든다.

대부분 사람들은 유행의 물결에서 결코 자유롭지 않다. 따르건 따르지 않건 말이다. 어느 순간 나다움보다는 남들의 시선이 더 중요해지고, 비슷하지 않으면 불안한 사람이 되어간다. 그 속에 포기한 '나다움'은 과연 얼마 만큼일까?

소수만의 음악과 취향인 로커빌리. 누가 알아주는 것도 아닌데 로커빌리들은 몇 십 년간 주말마다 음악을 틀고 춤을 춰왔다.

무얼 호소하고 싶은 걸까?

꿋꿋이 자기주장을 펴고 살아 있음 그 자체를 증명하는 것.

그들의 존재는 어떤 무언의 압력들을 이겨낸 조용한 항변으로 보였다.

세상 어디에도 없는 작지만 큰 친구 ─── 미미 인형

Mimi dolls
소녀들의 꿈과 욕망 사이, 열광하거나 부끄러워하거나

여덟 살에 엄마로부터 미미 인형을 선물받고 행복했던 기억이 난
다. 미미는 30년의 세월을 훌쩍 뛰어넘어 어느덧 8등신의 미미가
되었다. 21세기에 걸맞은 8등신 몸매에 좀 더 영리하고 날렵해진
얼굴의 미미. 그러나 나는 그 옛날 내가 만난 5등신의 미미, 머리는
좀 크고 여리여리한 그 얼굴이 훨씬 사랑스럽다.

한 푼 두 푼 용돈을 모아 인형옷을 사고, 비싼 가구는 내가 직

접 두꺼운 종이로 만들어서 소중하게 간직했던 기억이 난다.

열두 살이 된 어느 날, 이제 넌 나이가 들었으니 인형놀이는 그만두라는 엄마의 압력에 그만 미미 인형을 친척 동생에게 보내야만 했다. 그로부터 얼마 안 돼 외삼촌 집에서 발견한 나의 미미는 끔찍한 몰골이었다. 머리는 삭발당하고, 다리는 뽑히고, 눈알이 파괴된 모습이었다. 상처가 너무 커 그 뒤로 난 인형을 사지 않았다.

미미에 대한 내 애정을 잘 설명해주는 인물은 라이너스다. 만화 〈스누피〉의 등장인물 라이너스. 연신 엄지손가락을 쪽쪽 빠는 라이너스는 한 손에 담요를 꼭 쥐고 다닌다. '라이너스의 담요'라는 인상적인 이름의 밴드도 기억난다. 라이너스에겐 아기 때부터 함께 해온 낡아빠진 담요가 의지할 수 있는 소중한 물건이었다. 보잘것 없지만 이처럼 추억을 담아 우리를 안심시키는 물건들이 얼마나 많은지.

요즘은 어른이 되어도 장난감을 포기하지 않는 키덜트족을 심심치 않게 볼 수 있다. 시대 흐름에 따라 장난감에 대한 인식도 바뀌었기 때문일 것이다. 일본 애니메이션 건담의 프라모델만 전문으로 취급하는 건프라 마켓이 번화가에 생기고, 연예인들은 장난감 수집 취미를 공공연하게 밝힌다. 어른이 장난감을 갖고 논다는 건 과거에는 드러내기 거북하고 그리 자랑스럽지 못한 취미였다. 그러나 이제는 어엿한 하나의 취미로 인정되고 있다.

우리가 장난감에 열광하는 이유는 뭘까? 또 그 열광을 부끄러워하는 이유는 또 뭘까? 작가 릴케가 수필에서 말하듯, 장난감은 사랑과 좌절을 동시에 안겨준다. 어린 시절 우리가 마음을 주었던 인형. 그러나 인형용 찻잔에 차를 담아 정성껏 대접해도 인형은 한 모금의 차도 마시지 못한다. 살아 있지 않다는 걸 깨닫는 순간 당연히 헛헛해진다. 이렇게 우리가 최초의 애정을 품은 대상은 좌절할 수밖에 없는 덧없는 존재인 것이다.

놀이를 위해 존재하는 장난감은 보통의 쓸모와는 거리가 멀다. 논다는 건 당장 생산적이지도 돈이 되지도 않는다. 현실적인 소용이 전혀 없는 것이다.

어른이 되어서도 쓸데없는 일을 계속한다는 건 비난받기 십상이다. 장난감에 대한 애정에서 머뭇거리게 되는 건 바로 이런 이유 때문이 아닐까?

그러나 역설적이게도 바로 그 점이 우리의 마음을 편안하게 만든다. 몸에 좋은 음식을 주로 먹다가도 정크푸드가 그리워지듯, 장난감에 대한 우리의 사랑은 보통의 목적성으로부터 우리를 자유

롭게 만들어주기 때문일 것이다.

　장난감에 대한 어른의 열광이 자연스럽게 관용된다는 것은, 그만큼 우리가 살고 있는 지금 세계가 너무나 실용적이라 목적성에 긴장하고 있다는 의미는 아닐까?

　예나 지금이나 조그만 인형을 손에 쥐면 기쁘다. 완구가게를 지날 때면 지금도 내 마음은 설렌다.

　누구나 세상에 처음 나와 마음을 의지한 어린 시절의 장난감이 있다. 이름만으로도, 돌아갈 수 없는 그 시절을 떠올려 마음이 푸근해지는 마법. 다시 한 번 내 친구, 5등신 미미를 만날 수 있다면 얼마나 좋을까?

　미안해.

　그리고 고마워.

　미미.

감사의 말

첫 번째 일러스트 에세이가 나오기까지 많은 분들의 도움이 있었다. 영감과 사유를 함께 해준 선생님과 친구들에게 깊은 고마움을 전한다. 박미나 교수님, 이석연 교수님, 서동진 님, 김혜란 작가님, 선우훈 님, 강무선 작가님, 김나연 작가님, 최지은 님, 정재환 작가님, 조현 작가님, 밥장 작가님. 함께 공부하는 김수현 님, 이건 님, 오규호 님께 감사한다.

책의 기획과 조언에 힘써주신 문학기획팀의 원미선 팀장님과 편집자 최은하 님과 김지선 님께 감사드린다. 가족이자 친구인 김헌, 추푸유, 김미오에게, 무엇보다 최초의 재미있는 이야기를 들려준 사람, 어머니 김이순 님께 마음 깊이 감사드린다.

보고 싶은 것만 보고
듣고 싶은 것만 듣고

1판 1쇄 인쇄 2016년 6월 7일
1판 1쇄 발행 2016년 6월 13일

지은이 김옥
펴낸이 김영곤
펴낸곳 아르테
책임편집 김지선 최은하
문학사업본부 본부장 신우섭
문학기획팀 원미선 이승희 강소라 신주식 김지영 양한나
영업마케팅팀 권장규 김한성 최소라 엄관식 김선영

출판등록 2000년 5월 6일 제406-2003-016호
주소 (우 10881) 경기도 파주시 회동길 201 (문발동)
대표전화 031-955-2100 **팩스** 031-955-2151
이메일 book21@book21.co.kr **홈페이지** www.book21.com
블로그 http://arte.kro.kr **페이스북** facebook.com/21arte

아르테는 (주)북이십일의 문학 브랜드입니다.

ISBN 978-89-509-6492-4 03810
책값은 뒤표지에 있습니다.